U0643595

苍茫人生

鲁先圣 著

济南出版社

图书在版编目（CIP）数据

苍茫人生 / 鲁先圣著. —— 济南：济南出版社，
2025. 7. —— (我们很远又很近). —— ISBN 978-7-5488
-7448-5

Ⅰ. I267

中国国家版本馆 CIP 数据核字第 20253U0E91 号

苍茫人生

CANGMANG RENSHENG

鲁先圣　著

出版统筹　胡长粤
责任编辑　刘秋娜　李　媛
责任校对　孙乾超
装帧设计　纪宪丰
出版发行　济南出版社
地　　址　山东省济南市二环南路 1 号（250002）
编 辑 室　0531-82774073
印　　刷　山东临沂新华印刷物流集团有限责任公司
版　　次　2025 年 7 月第 1 版
印　　次　2025 年 7 月第 1 次印刷
开　　本　145mm×210mm　32 开
印　　张　11
字　　数　219 千字
书　　号　ISBN 978-7-5488-7448-5
定　　价　39.00 元

如有印装质量问题 请与出版社出版部联系调换
电话：0531-86131716

永不放弃

（代总序）

这是我文学生涯中一个具有里程碑意义的台阶，六部书是我文学创作的集结号，亦是我文学追求的一个新起点。

成为一名作家是我自幼的梦想，各种题材的文学单行本已经出版过五十多部，但是，这样同时出版六部，作为一套书，是第一次。这要感谢济南出版社的"慧眼识珠"，感谢编辑朋友们的辛勤劳动。济南出版社是出版我的文学著作最多的出版机构，这对于我的文学创作是一个巨大的鼓励和鞭策。

常常有读者问我，怎么有这么多的时间完成这样的"壮举"？

我是一个不达目的誓不罢休的人。

我每天都以目为尺，紧紧盯着那些走在我前面的人。我发现他们走得并不快，但是身上都有一种与众不同的气质，他们周身喷发着熊熊的火焰，自带光芒，兴趣盎然，意气风发，不会因为路边的风景停下脚步，也不会因为小小的坎坷唉声叹气、怨天尤人，而是一路前行，直到远方的天际。

现在我们常常听到一句话形容获得了巨额财富的人：实现了财务自由。在我看来，人生最根本的不是这个，而是实现时间自由。实现了时间自由的人，拥有每天二十四小时的支配权，严格执行作息规律，可以在任意时间做自己喜欢做的事，而不用听命于谁。实现了时间自由，实际上也就进入了成功的自由之境。

我最不相信的两个字是"灵感"，我笃信躬行的四个字是"作息规律"。世界文坛的"硬汉作家"海明威，每天一早就起来写作，至少要写到中午，即使前一天晚上烂醉如泥也是如此，因为那时候没人打扰他。

大家都知道我是一个极其自律的人，在济南的三十三年时间里，我每天凌晨四点起床，先是冷水浴、洗漱，然后开始或读书，或书画日课，或写作，到七点半左右。当人们从睡梦中醒来，准备开启新的一天的时候，我已经工作三个多小时了。

这是我自学生时代就养成的作息习惯。前不久，见到我中学时期的同班同学，他还回忆说，那时候我每天凌晨四点从宿舍起床，端着一盏罩子灯去教室学习，无论冬夏，无论风雨，都坚持不懈。同学们有不少人开始效仿，也随我起床去学习，可是后来，去的人越来越少，渐渐又恢复到我一个人了。

多年以来，从学生时代到今天，每一天，我用凌晨的这三个多小时，读书、写作、练书画，白天与大家一样工作和生活，从来没有间断过。中年以后，我建立起了自己壮阔的文学和书画艺术世界。

常常有人问我，凌晨，特别是冬天，谁不恋被窝啊，你怎么能起得来？你为什么有这样的意志？

我说，看起来很难做到的事，其实，需要的只不过是每天一秒钟的意志而已。凌晨四点，生物钟提醒我该起床了，这个时候，我也同样有起还是不起的较量。我想，一个有远大抱负的人，难道起床还需要犹豫吗？就是这一秒钟，这一念之间，每一天，我都选择了立刻起床。事实上，不论天气多么恶劣，一旦从被窝里坐起来，穿上第一件衬衣，就再也不愿意躺下了。

相信每个热爱篮球的人都知道有这么一句话："你见过凌晨四点洛杉矶的样子吗？"这句话是科比回答记者问他为什么能获得成功时说的。科比是一个很努力、很热爱篮球的运动员。他之所以能在球场上保持很好的打球状态，是因为他比更多人努力。当所有人都还在睡梦中的时候，他已经穿过洛杉矶的街道来到篮球馆，开始进行投篮训练和体能训练了。科比认为，每一个天才都比常人更加努力。他坚持凌晨四点起床训练，天天如此。他说："我永远不会怀疑自己的天赋，但我认为后天的努力更重要。"

一个人必须为自己建立一个严格的作息系统，日复一日地沉浸在自己想做的事情中，总有一天，这个系统会帮你获得成功。

杰出的英国作家毛姆非常高产，在九十余年的人生中，他一共出版了七十余本书。毛姆每天写作三四个小时，规定自己每天要写一千余字。一旦开始工作，毛姆就心无旁骛。他认为，如果眼前有美景可看，就不可能写作，因此他的书桌永远面对着光秃秃的墙。

日本作家村上春树以自律著称，他凌晨四点起床写作，写十页，约四千字，每天如此。他的名作《海边的卡夫卡》的初稿，约一千八百页，就是他在夏威夷用半年时间完成的，正好一天十页。村上春树从青年时代就这样坚持不懈，开始时，很多人讥讽他是故意做给别人看，故意制造噱头，甚至说他"装"。但是，当他成为享誉世界的文学巨匠之后，所有的声音只有一个：一个毕生自律的人，他配享有这个世界上所有的荣誉！

即使人过中年，身体已经在走下坡路，我依然不相信自己在走向衰老。我感恩岁月的沧桑让我具有了从容不迫、自信超然、不卑不亢、云淡风轻的胸襟，并汇集成一种超越青春的力量。

你一定要记住：不论什么时候，都要远离那些所谓愤世嫉俗、苦大仇深的人，他们身上的负能量，早已经毁掉了他们自己，千万不要让他们身上的晦气沾染你分毫，不然，你也会与他们一样，渐渐落伍，沦落风尘。

生活迟早会让我们与一个个人相遇。有的人，会让我们庆幸自己没有成为他那个样子；而有的人，又会让我们感觉相见恨晚，我们需要时刻告诫自己，决不能与这个人擦肩而过，必须紧紧跟上他的步伐，不然，就会辜负了岁月与命运的惠顾与恩赐。

柏拉图说："孩子害怕黑暗，情有可原；人生真正的悲剧，是成人害怕光明。"一个人可以没有境界，因为大多数人都是俗人；但是，人不能没有底线。人一旦失去了底线，人生大厦的坍塌就是迟早的事。

很多时候，对于一筹莫展甚至绝望的事情，解决的办法，就是多一点理智和冷静，或者，放下，交给时间。等过去一段时间，再回过头来，你会发现当时困扰你的问题早已迎刃而解。可是，在我们的生活中，却有很多人倒在了门槛上。

人生的苦乐，总是自己独自品味。但是，阅读是作家与读者思想共鸣的约定。读者会在作品中与作家的思想融合，不仅仅触及作家神秘的思想之境，也渐渐涵养起宽阔的胸襟，从而为生命欢歌。

写作，是文学家把自己内心的思索向世界安静地诉说。这个过程等于一个农人把自己的果实与人分享，充满了收获的喜悦。

一个人，要想结识优秀的人，首先要努力让自己优秀。高贵的灵魂，像熊熊燃烧的火把，在岁月的长河里光芒万丈，照亮自己的人生，也照耀别人的人生。

我常常告诉青年朋友们要学会与过去的自己对比，通过自我对比你会发现，你的生活与前几年已经是天壤之别。

看看那些杰出的成功者，没有什么秘密和捷径，他们不过是一生做着自己喜欢的事。因为喜欢，所以全身心投入，不仅仅快乐，还把个人的潜力最大限度地发挥了出来，他们自然会越来越出色，最后走向成功就是水到渠成了。

当一个人有了热爱的事业，既需要把几乎大部分精力、毅力、耐力投入进去，还要有不达目的誓不罢休的好奇心，同时，需要渐渐"上瘾"，并永不放弃。

与所有热爱文学和阅读的朋友共勉！

鲁先圣

2025 年 4 月于济南

序

    一个人一生要走哪一条路，总是有一定之缘的。似乎在遥远的心灵深处，有一种力量总是在启示你从繁芜的人生路上迂回靠近，不论你走了多远多久。

    在文字上行走，这不是人人都可以体验感受的。我越来越觉得，在这条道路上行走的人，每一天都不是轻轻松松，而是被自己的灵魂拷问、鞭打、逼迫着，时刻站在自己的内心深处。

    这条道路最初的形象是美丽的，所以在它的出发点上，聚集了许许多多清纯的少男少女。这些可爱的人儿如痴如醉地看到了它灿烂的悬挂于终点上的花环。但还没有走过几步，很多人就退缩了，回到了原路又各奔东西。因为这条道路不是舒适平坦的花园路，而是失败、颓丧、无奈凝聚而成的坎坷之途，如若不是意志坚定者，谁又会义无反顾地扑进它苦难的深处呢？

1

这其实不是一条路，它是一个归宿，一个终结，一种最终的无奈的选择。在我的生命之初，我曾热恋于它的美丽，记下了许多少年日记，写了许多稚嫩的文字，但并未持续多久。来自各个方面的教育和引诱都不是这条道路上的，许多成功者的启示都是另外的。最初的思索和追求很轻易地就被扼杀了。我尝试着去走了仕途，其实也并不好走，我毫不迟疑地退出了。我又去走商路，这更不是好走的。要想成为暴发户，非得尔虞我诈、同室操戈。我又义无反顾地回到了原地。还有什么路好走呢？我独坐于自己的窗前，漠视着这变幻莫测的世界，开始思索自己在这人世间存在的意义，思考曾经那么丰富多彩的人生，思考曾经那么迷恋的事业，思考自己的来去之路。

并非所有的思考都会有结晶，大多的人在思考之后顿悟了，而在淡泊虚清之中飘然而逝。有些人终究也没有顿悟，入了魔成了疯子。但有一部分人却不同，他们深切地禅悟，而后在沉寂中开始了在文字上行走的征程。譬如司马迁，在官路上走了大半辈子，几乎就位极人臣，在一个大坎后，他顿悟了，于是他独坐孤窗，我们因而有了文字的大山《史记》。譬如巴尔扎克，他在商路上走了半辈子，终于发现了自己的无能，于是独自藏身于一座破旧的阁楼上，我们因而才有了辉煌的《人间喜剧》。鲁迅也是做过官行过医的。

所有在其他路上不幸的人们，又不甘于失败，最终都走向了思考。所有把灵魂交给文学，在文字上行走的人们，自古及今绵延不绝。因为，在文字上行走，不是越走距自己越远，而是由自己的灵魂牵引着一天天接近自己，倾听自己心灵的声音；在文字上行走，步履维艰却没有陷害，只要你自己义无反顾，就没有力量能够阻挡。

我把生命交给了文学，命定般地要在文字上行走下去。因为很多路我都已尝试过了，只有这里是我的归宿。

1996 年 5 月于济南

目录

人生思考篇

故乡风情篇

| 生活哲理篇 |

人生思考篇

没有比拥有青春更令人羡慕的了。在青春面前，一切的功勋与成就都显得懦弱而苍白。因为拥有青春，我们可以不亢不卑地面对社会与人生；因为拥有青春，我们可以对狂妄的成功者宣战，可以对自己的失败理直气壮地说等下一次机会。

磨蚀生命的声音

淡淡的暮色落下来，窗前的竹林变得婆娑迷离。一个孤独的身影立在窗内幽静的房里，微亮的灯光照着长长的影子映在窗外的竹林中。竹林里有一条小道通向外面的世界，小道上刻满了岁月的沧桑和它的年轮，如同他皱起的额。他似乎听到了小路上的声音，有响亮的笑声，有疾呼的呐喊，有愉悦的交谈，但那些音响似乎已很久远了。

他确切地听到了一种声音在小路上徘徊，那是时刻存在着的，磨蚀生命的声音。那声音一刻不停地奏响着，传入他尚还灵敏的耳鼓。

暮色越发浓厚，竹林里暮霭袅袅，他的影子变得高大而魁梧。小路也模糊了，远处一片灰暗朦胧。

一种苍凉的感觉袭入心门。时也多变，一切都还没有开始，一切都将要去做的时候，怎么就要结束了呢？

2

有风飒飒地吹来，竹林响声奏起，像远古的音律，又像是庄严的天籁。他听到了童年的声音和老母的呼唤，似乎也看到了父亲属望的眼睛。童年的他，那个顽皮可爱的小男孩向他走来。二十五岁时的他，那个饱学经书的青年学子翩翩的身影与他的影子重叠在了一起。蓦然回首，他又发现了今天的自己，一个饱经了人世沧桑的男人。

一切都恍若隔世了。一切都是命运，一切都是烟云，一切都是没有结局的开始，一切都是稍纵即逝的追寻。其实命运是缘，而缘取决于自己，命运在自己手中。

发生的，已经发生了，不论你怎样去看待它，它都不会有丝毫改变，既无补于过去，也无补于未来。忧伤与惊喜都是徒劳和枉然。

从楼外的远处大街上传来歌舞的喧嚣，那是人间的声音。人世间，总是有人哭泣的同时有人狂欢高歌。没必要让别人同情你，歌者未必不是悲哀的，那只是他的外表、他的形式，而你痛苦焦灼难道不是大彻大悟、可喜可贺吗？

只有影子朝夕相随，寂寞时刻是你的生存氛围，而这寂寞不恰是一种千金难求的境界吗？

你从很远的乡间小路上走来，一路的崎岖与跌宕便是今生缘定，苦难与苛刻是你的宿命。你能一次次大难不死，死里逃生，就已经是生命的从容。

你每天站在这个窗口目送日落，捕捉自己的灵魂，跟着灵魂前行，你还渴求什么呢？

夜已深了，到处是浓重的黑暗。影子依旧，竹林的乐声依旧，你长长的影子更加高大壮健。四周万籁俱寂，世界沉睡了，人世间的一切都归属于沉默，只有你依然清静安然地醒着。

苍茫人生

风夹裹着细碎的雪粒尖叫着，门窗不时发出怪异的响声。

门铃响了。一个披着满身雪花打扮得土里土气的人站在了我的面前。我愣了半天，想不出这是何人。可他却很不见外地说："我是公冶文中，好不容易找到你这里，总算有饭吃了。"

我想起来，中学时在我们同学当中只有这一位复姓同学，我一进校就特别记住了这个名字。我记得他总是老师批评的对象，家里本来很穷，本应发愤图强，他却不好好读书，想着法儿在女同学面前卖弄。他总是在班里说大话，说自己将来要成为中国的大文豪，常拿一本《鲁迅文集》夹在臂窝里。老师讲课，他看书，考试总是不及格。他对于我们这些注意学好每一门学科的人似乎总是嗤之以鼻。后来我们都升学走了，他没有考上学，只得回村务农。从此我也就断了他的消息。

我实在感到无从谈起，他却接二连三地说起了话："我早就听说你在这里，前年我曾来济南，你出差了，就没有等。这一次是我们工地在济南，我可有时间找你了。"他很随便地告诉我。他说他高中毕业后便回到了家乡，日出而作，日落而息，没有书读，更重要的是没有一个人理解、支持他成为大作家的梦想。田里的庄稼等着他收割，农产品等着他去市场卖，有无数的农活儿要做。他忍受不了这些，与父母争执是家常便饭。在父母眼里他是不中用的不肖之子，在乡亲眼中他成了二流子。可他认为农民文化层次低，没人理解他。他十分苦闷，甚至想过自杀。也就在这时，父母托人给他说了个媳妇。这媳妇有点儿文化，十分崇拜他的学问，支持他搞创作。然而好景不长，随之而来的吃饭穿衣问题使妻子容忍不了他的游手好闲。夫妻打架，便成了家常便饭。"我不能怪罪父母不理解我，但妻子不理解，我不能容忍。"文中告诉我，他离婚了。"农村太土，没文化，我就闯了出来，到济南来。"他是随本县的一个建筑队来的，想从这个大城市中寻找知音。

"我打工只不过是个幌子，目的是寻求理解。"文中有点儿慷慨激昂。

"你打工一个月赚多少钱？"我问他。

"三四百元，这不重要，够我吃饭就行了。"

"那你的父母呢？谁来养？"我紧追不舍地问。

他突然间愣住了，怔怔地看着我说："你是写文章的人，也不理解我。"

公冶文中走了，消失在黑夜的风雪中。公冶文中的人生在我的面前晃动着，挥之不去。已经三十多岁的男人，年轻时找不到自我，尚有时光可以让你继续寻找，到了这个年龄，如果还是这样执迷不悟，你的人生岂不如这苍茫的风雪之夜？

以青春的名义

没有比拥有青春更令人羡慕的了。在青春面前，一切的功勋与成就都显得懦弱而苍白。因为拥有青春，我们可以不亢不卑地面对社会与人生；因为拥有青春，我们可以对狂妄的成功者宣战，可以对自己的失败理直气壮地说等下一次机会。不论处在怎样的人生关口，我们都可以以青春的名义……

成功，只是一个历程的终结，一个目标的达成。尽管，它也许是别人历经千辛万苦终生奋斗的结果，但对于你来说，它只不过是一个参照，你完全不必为他人的成功而拜倒。你富有的青春，谁能预料会创造出多少这样的成功！如果你已经有了一次人生的成功，你也不必骄傲止步，你应该相信这只是你青春的开场白。你的起点已达到了一个别人羡慕的高度，你何不把它伸向更加高远的天际？

失败，同样是一个历程的终结。不能因为自己富有青春而轻视别人的失败。也许那失败者正是因为富有青春才产生了惰性，以为总有不尽丰饶的青春可供挥霍，就不再珍惜手中的日子，结果丧失了机会，也荒废了岁月。别人的失败，对富有青春者是一种无价的提示。假如失败了，决不能自暴自弃，因为你可以以青春的名义自信地重新站在另一个高度，去挽回失去的岁月。但有一点必须警惕：青春不是取之不竭的。

青春是可塑的，它会在珍惜它的人面前无限地伸张，而在挥霍它的人面前稍纵即逝。因而拥有青春并不等于拥有成功，它是有条件的。

青春是难以分界的。它在哪一天来临，将在哪一天消逝，没有人能够明断。因而青春是一种感觉，是对自信力充分估价的结论。青春是进取的代言人，只要保持一颗进取之心，青春就在你的人生旅途中永驻。

青春是美丽的，它在珍惜它的人面前总是呈现着鲜艳的色彩，用多姿的富丽装扮着明快的生活。但青春又是残酷的，它对恣意浪费它的人总是显示着刻薄与无情。而当这种人试图理解它、珍惜它的时候，它却毫不留情地像电光一闪，躲到生命的尽头去了。它从不给挥霍它的人一个改正的机会，只给他们无尽的愧悔，只让他们看到青春在别人手中光华灿烂，而对于自己却是残酷的打击。

有人说青春是一个大盗，它把人一生中最珍贵的部分都盗走了，留给少年的是无知，留给中年的是劳累，留给老年的是无奈，而它自己却独享充沛的精神、睿智的颖悟、健壮的体力。其实，错误不在于青春，而在于你自己。倘若你把握了青春，善于利用青春，你会从青春那里得到无尽的财富。

青春是这样的性格，它从不以自己的富有去炫耀于人，也不以自己的速逝警醒昏睡着的人，它始终主宰着自己的命运。不论面对哪一种人，它都显示着自己的大度与从容。它不是一部分一部分地消失，也不是陡然远行，而是在不知不觉中，一秒一秒地慢慢走掉的。因此失去青春的人总是那些沾沾自喜胸无大志者，而那些睿智的人总能认识它的价值，因而防患于未然，把它的每一点都充分地运用起来。

人的生命是一条奔流不息的河流，而青春则是河流中最激越的部分。恰当地把握住青春，生命会由平凡走向崇高，激越的河流则会成为不同凡响的大海波涛。

赫拉克利特说："人不能两次踏进同一条河流，因为无论是这条河还是这个人都已经不同。"没有比这句话更适合作为青春的定义了。青春就是这样从从容容，而又一刻不停。宝贵的青春，一个人只有一次，从不多给哪一个人一分钟。

没有一种不幸可以与失掉青春相比。珍惜青春吧，年轻的人们，让我们以青春的名义盟誓！

独享水色

　　中巴车轻灵地在蜿蜒的山道上爬行了十几分钟，停在了半山腰的一处别墅院中。

　　浩渺的一片水色无遮无拦地展现在面前。极目远眺，起伏的群山掩映在一望无际的丛林中。没有人为雕琢的痕迹，没有村落，没有风，也没有一丝水波，平展如镜的一汪水面静静地躺在群山之间，像月光下妩媚的少女。

　　顺着一条小路，攀扶着一棵棵小树，我渐渐地接近水面。山影在一寸寸地缩短，雾岚轻轻地从山腰飘向水面。偌大的湖边没有另外一个身影，一切都像是在静静地等待着什么，期望着什么，预示着什么。在万籁俱寂中，我体悟着这份能独享山光水色的幸运，心灵顿然如超然出世般空灵幽静。

　　在济南生活了几年，竟一直未发现近郊有这样一个天然的去处。水面比大明湖大十几倍，大明湖因"四面荷花三面柳，一城春色半城湖"的美名远扬天下，而它却一直深藏在这群山绿树中间默默无闻地独守着一方宁静。

岁月如烟，这片水面在这里存在了多少年，不得而知。我认为它不一定比不上大明湖的久远。虽然与大明湖近在咫尺，但是它一直深藏在这片大山之中，不为人知。当地人称它为卧虎山水库，也是极随意叫的。北面的山叫卧虎山，就跟着叫了这名字罢了。确切地说，它应该叫湖，一个美如少女的硕大的湖。只是没有文人墨客越过它与济南城区隔绝的那两座山，所以它便没有了风雅。

雾气浓重起来，站在水之湄，顿觉一股股凉气迎面而来。一场中雨刚过，天上浓重的乌云还没有散尽。没有太阳，也没有月亮，满眼尽是一望无尽的水蓝。"空山新雨后，天气晚来秋。"没有人声，没有尘世的嘈杂与喧嚣，只有山、树、水和雨后的清新，这便是诗的意蕴吧。我觉得自己享受这水光，未免太奢侈了。此时，该有几位文朋诗友，相约徜徉在水边，才不负了这清丽景色。但是没有，只有我自己一个孤寂的身影。同来的朋友都在有空调的别墅里打扑克了。

凉爽的水汽吹来，一切的尘缘都翩然远去，连最真切的经历，甚至中巴刚才进山时，在狭窄的山道上行驶的担忧也忘得干干净净，只剩下那个平时隐藏在心底的精灵。它放纵地裸露在水之湄，贪婪地呼吸着潋滟的水色，独享着水光的妩媚。

水天的清净张扬着我欲望的情愫，我的心灵深处滋生出强烈的渴求，想象着纵身于水中的清爽与洒脱。可是远处顿然有音响传来，那是一支柳笛的声音。是谁如我一样在这一个阴湿的傍晚，享受这山光水色？顺着那阵阵传来的音响，我走过去，看见在一棵大树下立着一个渔家少女，水边是一艘小帆船，水上漂浮着一串水漂儿。那笛声就是从少女口中传来的。我明白了，这少女在用笛声引鱼。早就听说过，柳笛一响，鱼群就朝着笛声游来，于是就身陷网中了。

　　我的兴致荡然无存。美妙的笛声和纯情的少女也是"阴险"的，高尚的音乐在这里成为罪恶的诱惑。

　　天色暗下来，透过树丛已看见别墅里亮着的灯光。雾大了，风也起来了，有了细浪，水声响起来了。柳笛声还在幽静的水面上传扬着。

　　我摸索在树林中，寻着上山的路径。我有一种在原始森林中的感觉，苍茫阴森。卧虎山下的这片水色是清静的。但据说要建画家村、游乐园了。

　　下一次来，还有这样的清静吗？

从容的雨天

我居住的城市这样的雨天是不多的。雨绵绵地长长地落着，落了三天三夜，依然淅淅沥沥地下着。早晨与傍晚，白天与黑夜都没有了清晰的分界线。雨像蚕丝织成的薄纱帷幔挂在了天上，将喧嚣、嘈杂、纷乱统统地挡在了遥远的外面，世界都变得朦朦胧胧。

静静的深夜或安谧的清晨，坐在自家的房中，听窗外清脆、有节奏的雨声，就更是一种难得的享受了。一切都是宁静的，只有柔柔的、细细的雨，那清清凉凉带着音乐韵调的声音在空中飘浮着。它令你自然地想起"大珠小珠落玉盘""画船听雨眠"那些句子。偶尔传来楼下行人"扑嗒、扑嗒"脚踏在雨水中的声音，它即刻也变成了与雨的交响乐，在静寂的夜里震荡，直到变成遥远的回声，依然清脆而悠扬。

我居住的城市很少有这样的雨，三天中一刻也没有停。大家不再刻意地像晴天那样要求自己，去匆匆忙忙地做永远做不完的事。办公室的电话不再那么急促地时常奏响，家中的电话也少有地沉默了。同事们各自坐于自己的位子上，不再去忙日复一日的工作，独自想着自己的事，而且一无愧作。似乎休息一下心灵是应该的，是理所当然的，雨天是应该这样的。上司过来催问工作，大家马上会说：天不是下雨吗？外面灰蒙蒙的一片氤氲，街上那喧嚣的人声车声都被雨隔在郊外了，只有滴滴答答、从从容容的雨声。

连绵的雨，好像把人拉回到了清静的世界。隔着那一层朦胧的雨纱看世界，世界没有了那些狰狞、那些丑恶、那些纷争，一切都变得温柔而贤淑了。为仕途而绞尽脑汁攀高结贵的人暂时将自己找回来，为钱财而顾不上回家的人也有了一两天与家人生活在一起的机会，一心写出惊世文章的才子们也不再为世间险恶痛心疾首，而为清爽的雨所吸引了。一切的纷乱与骚扰都杳然无踪，只有雨中的小树更加绿莹莹，大树更加挺拔，街巷间永远弥漫着的烟尘变成了清新的空气。街旁的冬青苍翠欲滴，它不禁让人想起"随风潜入夜，润物细无声"的韵致。雨打在脸上，丝绸裹肤般柔腻。

我忽然间想起乡村的雨，那雨不像这城里的雨湿漉漉的。一场小雨来了，村庄就隐在了淡淡的雨雾中。有这样的雨，孩子们是决不会待在家里的，折几枝柳条，编成帽子，拿一根树枝，十几个人就一起去雨中打水仗了。可是我居住的城市下雨的街上却没有孩子们的影子。即便有一两个，也是坐在父母的车上，被雨衣包裹着。

山上的亭子里不知是否坐着人，在那里北望城市，一定不是晴天里烟雾笼罩的景象了。

湖畔此刻一定有诗人在漫步，不然就可惜了雨中的潋滟湖光了。

生活在大都市，真不承想还有这样的雨天，让人们隔着一层薄纱看世界、看自己。

进入第四天了，细雨还在从从容容地下。

为逆境而歌唱

没有人一生都是一帆风顺的，任何一个人都会遇到逆境。当逆境降临到你的面前，以怎样的心态对待它，便成了决定人生走向的关键。

苏格拉底说，逆境是磨炼人的最高学府。这种逆境观，是历史上大多数伟人巨子成功的基石。我们那位留下了"千古之绝唱，无韵之离骚"的司马迁先生暂且不说，"文王拘而演《周易》；仲尼厄而作《春秋》；屈原放逐，乃赋《离骚》；左丘失明，厥有《国语》；孙子膑脚，《兵法》修列；不韦迁蜀，世传《吕览》；韩非囚秦，《说难》《孤愤》；《诗》三百篇，大底圣贤发愤之所为作也"。这一干贤才大人哪一个不是在逆境这所学府里爬滚了千百次的？

孟老夫子所言"故天将降大任于是人也，必先苦其心志，劳其筋骨，饿其体肤，空乏其身，行拂乱其所为，所以动心忍性，曾益其所不能"，似乎便是对这些成功者的完美注脚。逆境原是为不畏逆境的人而设的，它所阻挡住的，在它的面前跌倒的，原就是凡俗的庸人。

有些平凡的世俗中人，总是祈盼一生平坦，而一旦遇到逆境，便表现出脆弱的天性，或者听任逆境的摆布，任随年华与时光如水东流；或者不敢面对逆境，逃避困难，寻求暂时的平安；或者做无谓的牺牲，任听逆境的宰割与剥夺。这种人是逆境的牺牲品。逆境作为淘优汰劣的试金石，把这些人从繁芜并杂的生活中淘汰出去，从而使优秀者绽放出灿烂的光华。

人必须有信心战胜生活中的一切逆境。对于一个坚强的思想者来说，没有逆境就意味着没有了思想之源。有磨难，才会有痛苦，才会使人思索，才会发现这个世界的光明与阴暗，才会顿悟人生的真谛，才会明智练达。而只有明智的人，生命才会卓越，才会不同凡响。

苦难的逆境，使庸者变得卑琐乖戾，却使强者变得坚韧而崇高。一个装着香水的无口瓶，只有打碎它才会散发出幽远的馨香；一块朴拙的顽石，只有经过无情的雕琢才会成为奇异的工艺品。一切美好的东西是不会轻易地出现在你面前的。那累累的创伤，恰是生命给你的珍贵。那每一个伤口，都是一次演练，一次登高，一次顿悟。

我们每一个人都是以自己的心态去看待生活，胸藏江河者看到的逆境是暂时的回流，回流之后则是可以放舟千里的浩荡之水；而胸怀溪涧者面对逆境便以为无法越过，只能永久地停留在这阻挡面前。因而，人生的关键是培养自己博大的胸怀。一个人，只有具有了博大的胸襟，才能够平静地对待世界与人生。

灾难是我们能真正照见自己的镜子。逆境在人生中总是暂时的，逆境之后便是平坦的大道。一个人倘如练就了在逆境中的心平气和，在顺境中难道就没有一日千里的气概吗？

人的生命似洪水奔流，不遇上岛屿和暗礁，难以激起美丽的浪花。逆境，是人生中可贵的部分，正是它将卓越与庸俗鲜明地区分开来，使那些不凡的生命从混沌的世俗中脱颖而出。

纪伯伦说，除了通过黑夜的道路，人们不能到达黎明。逆境，是强者遇到的必然的关口。没有逆境的苦难，哪有强者的战场？没有战胜困难的过程，又哪有胜利成功的喜悦？逆境的后面只有两个结局，一个是失败，一个是成功。

人要学会走路，也得学会摔跤，而且只有经过摔跤，才能学会走路。卓越者的一个特点是在逆境中百折不挠。摔一次，站起来，再摔一次，再站起来。摔了若干次，爬起来若干次，他的筋骨因而强健了。他视摔跤如平常，于是每摔一次便强健了一次，意志变得如钢铁般硬实了。

这就是逆境，一种造就强者的人生境遇。

勇敢面对人生

在古希腊的城市街头，有一位衣衫褴褛的盲人在沿街乞讨。他手里拿着一根很长的树枝驱赶恶狗，肩上挎着一个破烂的筐子，有时筐子里一天没有一口剩饭，他只好到郊外的野地里寻找可以充饥的食物。夜晚，他露宿街头，有时在富人家的大门口，有时在穷人家的房檐下。他在七座城市之间逡巡，有时被一座城市驱赶出来，他就跑到另一座城市。也有一段时间他只好生活在城市之间的乡村。他就是古希腊伟大的诗人荷马。荷马一生潦倒，他是在乞讨的流浪生活中，创作出了西方文学的奠基之作，辉煌无比的史诗《伊利亚特》与《奥德赛》。荷马死后，这两部鸿篇巨制才被发现而在世间大放异彩。颇具讽刺意味的是，荷马生前曾经流浪乞讨没人理会，到处被驱赶被羞辱。可他所流浪的七座城市里的人们，千百年来一直在为他的出生地而争论不休，争相抢说荷马出生于自己的城市，自己的城市是诗人的故乡。

无独有偶，在我们中国，也有这样一位盲人，他是为中国的音乐史重重地写下了一笔的阿炳，他的名曲《二泉映月》和另外几首乐曲，成为不可多得的传世之作。但是，这位盲人的才华，直到临死才被发现，他至死也没有摆脱穷困与潦倒。他穿着一件破旧的粗布长衫，拿着那把伴了他一生的胡琴，沿街卖唱，挣路人一个铜板。后来，他所乞讨的这座城市为他塑了铜像，以他为城市的骄傲与荣耀。当年为生计而踽踽于街头的盲人，成为这座城市尊贵的象征。

在我们远古的春秋时期，在那个诸侯争霸的战乱时代，在混战的各国之间，有一支布衣队伍在匆忙地行走。这是孔子和他虔诚的弟子们。孔子欲以仁政和周礼推行天下，但他的思想却没有哪一个国君愿意接受，以致他有时走投无路，饿了肚子。他看着自己的思想不被采纳，四处碰壁，于是闭门不出，专心著说。他的弟子和再传弟子将其言行以及与门人的回答编撰成《论语》一书，在中国的思想源头筑起了一座无与伦比的丰碑。

还有那位为人类留下了九十多部巨著的巴尔扎克，为人类留下了不朽的《向日葵》的凡·高。巴尔扎克经商十年，债台高筑。为躲避债主的催逼，他只好终日躲在一座破旧的阁楼里。面对倾轧可怖的世界，他陷入了深深的思考。他把自己的思考以艺术的形式记了下来，人类因而有了辉煌无比的艺术宝库《人间喜剧》。而凡·高终生只卖出了一张画，能有一点钱买一块黑面包和劣质烟草就已是奢侈的生活了。他在灰暗的屋子里画着他心中的圣洁与光明，就是在这间因交不起电费而断了电的房子里，我们有了光芒万丈的《向日葵》！

困顿与磨难，折磨着一代代伟大的艺术家。审视整个人类的艺术史，我们看到了太多的处于潦倒与饥饿中的人不屈不挠的身影。这些人的困苦艰难，似乎是与生俱来的。这些苦难，逼迫着这些不屈的人思索，探求幸福与公正，追求遥远的亮丽与光明。他们在探索中，备尝着物质生活的胁迫和挤压，承受着世俗社会的蔑视与轻慢。而正是这种多重的磨砺，使一个个饱经磨难的被意志锻打得顽强坚忍的精灵产生了。

一切终将消逝在滚滚东流的历史长河中，留下来供人类咀嚼的只有美丽的艺术。而造就艺术的，不是阳光与温情，而是冷酷的冰霜。

很多人总是乞求幸运的光顾，总盼望着幸运之神来到自己的身旁，自己便可轻而易举地得到想得到的一切。而一旦遭到不幸，则诅咒命运的不公，悲天悯人，甚至丧失生活的勇气。其实，平静且无坎无难的生活，恰是人生辉煌的隐形杀手。给了你平静的生活，就如注定般地给了你庸俗与平凡，就意味着把你打入了浑浊的世俗之中。

但并不是每一个遭受了磨难的人都能够成为杰出的英雄，这是因为他们缺乏冷静的思考与坚强的意志。身陷厄运而不屈不挠、彻悟顿悟，则人生归于超然的境界之中。

在七座城市之间流浪的荷马大概一天也没有停止过思索，他时刻都生活在他丰富的精神世界里；而阿炳则是每天都在完善他的曲调。生活的窘迫，对于他们只不过是一种外在的形式罢了。

命运的决定权在你自己的手中。只要你紧紧扼住命运的咽喉，拽住它的纤绳，它就在你的驱驶下顺然听命，带你奔向理想的彼岸。困顿与磨难，不仅不是命运的不公，而恰是你走向人生辉煌的契机，只要你理智而勇敢地面对人生。

死　地

我常常想到死地这个凄凉的境遇。

想到死地的时候，自然就想到了因处于死地而生得壮丽、生得热烈的人们。比如苏东坡，被放逐到僻远的黄州，被人押着，远离自己的家眷，处在了死地中。但是，这个死地却成全了苏东坡。凄苦的黄州生活，那种富丽世界的轰然倒塌，那种混迹于樵妇渔夫间的身影，使他得以体察认识民间的疾苦，从而使我们这个民族，从此有了优美的黄州诗文。黄州这个死地，使苏东坡登上了一个前所未有的人生高度。比如司马迁，因为兵败投降匈奴的李陵说了句体谅的话，被汉武帝下"蚕室"，受"腐刑"。这种对生命的极大摧残与耻辱，将才高气傲的司马迁逼到了死地。他想到了死，却又从"文王拘而演《周易》；仲尼厄而作《春秋》；屈原放逐，乃赋《离骚》；左丘失明，厥有《国语》"等贤者的遭遇中得到深切的体悟，于是"就极刑而无愠色"，决心"隐忍苟活"。他虽然"每念斯耻，汗未尝不发背沾衣"，却从此绝了官欲，绝了俗欲，从自己的不幸遭遇中升发出空前的力量与勇气，完成了"究天人之际，通古今之变，成一家之言"的《史记》。司马迁因了那残酷的，将他的生命置于死地的"腐刑"而攀至史学成就的高峰。再比如远在法国的因穷困潦倒被债主所逼躲到一个小破阁楼上逃债的巴尔扎克，到了食不果腹的死地，终于悟到了那世界的虚荣与奢华原不是为自己而设的，于是发奋写作，人类从此有了伟大的《人间喜剧》。

死地，在绵延的历史长河中耸起了一座座不朽的生命的丰碑。那些被逼到了绝路的人们，那些面对四面楚歌仍旧性情狷介的人们，那些已无路可走的人们，在死地这个苍凉的荒野中，不仅没有走向毁灭，而是让自己的人生在这里升华，看到一种前所未有的风景。

死地，一种铸造大人生的境遇。

中国古代的军事家发现了这个秘密，给千百年绵延不绝的战争提出了一个经典策略：置之死地而后生。这个策略在不可尽数的历史战争中被使用，又一次次地提供了胜利者的印证。

置之死地而后生。没有了路可走，才会拿出所有的智慧去寻找路径。彻底地没有了希望，才会焕发出不可遏止的能量去寻找希望的光芒。失败了，败得一无所有，败得前功尽弃，才没有了任何先前的框架与束缚，然后全身心地去探索新的可能。

死地，是一种外在的世界，是一种人生境遇。人生中，心灵的坚强与勇气是主导方向的罗盘。一个人只要心灵不死，只要保持着心灵的不屈与英勇，死地只能是给自己人生的又一次机会，又一种可能。因为，它是一个阶段的人生结论，而不是人生的全部。人生是由无数个局部的片段组成的，我们所看到的任何一种人生，不论其光芒万丈还是穷困潦倒，都不是其真正的面貌，而只是其中一个阶段的写照而已。

死地，给予人的启悟是难以估量的。它是理性人的转折点，是大人生摆脱平庸世俗的家园，同时又是小人生的葬身地。

在死地这个境遇里，不可尽数的是那些为命运所掳，为人生所累，只看到局部人生的人们。这些人，处在了死地的包围中，只是抓着过去的绳索呐喊，祈求再给自己一次机会，给自己留下一条后路，于是都被过去的岁月很轻蔑地杀死在了死地的墓穴里。

死地，成全了那些杰出的英雄，也筛选出那些世俗的过客。杰出的英雄因走进了死地而顿悟，使自己的人生焕发出灿烂的光芒；平庸的过客因走进了死地而被逐出了这个世界。

死地的天空，永远闪烁着绚丽的光辉。

生命，在等待中远逝

生命，在等待中远逝。这句话不是我轻易写出的，我曾为此付出了人生中最宝贵的年华。

曾经，当我以天之骄子的豪迈，迈出大学校门，走进那间属于我的机关办公室时，这句话还在遥远的岁月里等待着我。

那个时候我只有二十一岁。这个金色的年龄，每一刻钟都充满了美丽的梦想与童话，我倾尽了精力与时间去应付工作。我把那个狂热的作家梦深埋在心底，白天匆忙于单位之中，夜晚则匆忙于第二天工作的准备之中。看到同学有作品发表了，我心里很痛楚，自己的东西呢？每当此时，我就安慰自己，等过一段时间，待工作轻松些了，一定埋头写些属于自己的东西。时间在不觉间又匆匆地过去了，一个个比我还年轻的人的一篇篇力作轰动了文坛，我开始战栗了。在单位虽然整日匆匆忙忙，但我始终找不到自己的方向，时间都在不经意的匆忙中悄然远逝了，生命之树已不是先前的嫩绿，我决心不再等待下去。

这真是一件难事。机关上的业余时间比办公时间更紧张匆忙，不要说写作，读书的时间都没有。心里总想着等待一段日子或许会好些，但日子却又在等待中匆匆地去了。而生命，却不可遏止地向三十岁逼近了。

我再也忍受不住生命被时间无情糟蹋与阉割的悲剧继续下去，我感觉到自己再这样等待下去的结局是那个美丽梦想的破灭。我想，必须毅然决然走进自己的天空，不然一切都将成为泡影。我终于痛下决心辞去工作，踏步走进自己的文学世界。

过去的岁月已经无情地远逝，只有好好珍重今天的日子。我努力捡起走出校门时的思索，开始了艰难的历程。三年，我的书桌前放着的一摞报刊文章剪贴一天天增厚，虽然至今我还没有写出惊世之作，但这些东西都是我的，它们清晰地记录着我生命的历程。这几百篇几十万字记录着我这几年的每一步路、每一滴汗水。夜静天高，我常常扪心自问，假若这几年如前几年一样在那里等待，今天将不知会是怎样的情景。我可能还是那个平凡忙碌的职员，找不到自己的位置。而今天，我却自信地站在自己的土地上，自信地将一个个思索积累起来，构建营造着那个美丽的殿堂。生命，在扎扎实实的行动中绽放出一片灿烂的光华。

等待是一切功业的无形杀手。我清楚地记得莫泊桑的那句名言："世上真不知有多少能成就功业的人，都因为把难得的时间轻轻放过，以致默默无闻了。"时间的脚步是不会因为我们有许多事情要处理而稍停片刻的。生命中的时间没有一分一秒可供我们亵渎。忘掉自己该怎样去做，坐在那里等待机会来临的人，将会被世界遗忘。

等待，是一切懒惰、失败的罪恶之源。

生命，在等待中远逝。不等待，立即付诸行动，从足下开始扎扎实实地做起来，生命之树则会在未来结起累累硕果。

泅渡人生

生命的历程将如花的青春磨蚀殆尽，所有的人生责任和无穷无尽的生活重负纷至沓来。我不仅享受过短暂的胜利喜悦，也承受了许多跌入人生低谷时的痛苦。我意识到人生原不是拥簇着鲜花的成功和暗无天日的失败了。人生不是轻易地在成功与失败之间徘徊的，它是人在彼此之间精疲力竭的挣扎泅渡，随时出现的惊涛骇浪都会将渺小微弱的生命葬身海底。

浪漫的人生是艺术家们坐在温馨的花园里虚构出的幻想世界。艺术家们往往对现实生活进行艺术创造，他们幻想出不尽的浪漫美景给这个世界增加美丽的色彩。一切的浪漫都是追求浪漫者一厢情愿的幻想，那多彩的浪漫会让你从跨出现实生活的第一步起，便重新品尝现实世界的严峻与冷酷。

追求浪漫的人很多都会回到现实生活，变得更加实际，这是人生高贵的哲学。

我在新闻界工作了几年了，这里面的人时时令我惊讶。忧国忧民之士是有的，但毕竟有限。这里面有些人总是慷慨激昂，但到了生死关头，却往往不能挺身而出。我痴爱着文学，它成为我人生痛苦时的依托。但我却又发现，文学渐渐地把我引入了一个更艰难、更迷茫的世界。因为文学，我睁开了蒙眬的眼睛，头脑也变得更加清醒。这个世界上的许多正义下面的邪恶再也逃脱不了那双锐利的眼睛。

　　春节，我回到故乡去。同乡的人们像看待每一个混得很好的人一样看着我。我深知乡邻们对外部世界的了解不多，大多数在外地的人，在乡邻们眼中都是了不起的成功者。我中学的同学是村小学的民办教师，在县里的报纸上发表过两首短诗，他要我带他到外面去，他说一生在这个地方消磨实在冤枉，他想看看外面的世界有多精彩。

　　望着他平静如水的双眸，我的内心深处流淌着阵阵苦涩与酸楚。袅袅炊烟笼罩着的山村，一片红砖青瓦的校舍，几十个天真烂漫的孩子，校墙外一望无尽的竹林，这是何等极致的人生美景。

　　这一切我都曾经拥有过。这样的人生本来是可以悠然地坐在竹排上垂钓的，但我很轻易地抛弃了，而选择了艰难的泅渡。

　　外面的世界，时刻都刮着劲风下着烈雨，你时刻都在波涛翻滚的大海中泅渡着，也许哪一刻一个大浪打来，你的人生就悄然沉入大海深处。那位小学教师告诉我，他的人生是痛苦的。我告诉他，你的人生很美丽。

人生的道路有很多种。有人生来就被安排在了花园里，有人被迫要在茫茫的沙漠中寻找绿洲，而我则在苦难的海洋中泅渡。

生命的绿洲

一对年轻情侣，在海南岛一片未开发的海滩上已踯躅了十多个日夜。当初那些美丽的憧憬，早已被海南炎热的盛夏和怪石嶙峋的海岸线阻挡在遥远的北方。他们已身无分文，当天晚上就只能以海风充饥了。面对滚滚而来的碧蓝和脚下焦灼的沙石，他们真真切切地明白了人生如穿越沙漠般艰难的比喻。

两天以后，当他们再也抵挡不住来势汹涌的饥饿与恐怖情绪，以为年轻的生命就要客死天涯海角的时候，一个捡拾海贝的黎族姑娘来到了他们身边。他们栖身在这个黎族姑娘的家里，姑娘做向导，带他们走遍了附近的三个城镇，终于他们在一家文化机构谋得了一份职业。这样，他们便开始了立足海南的人生历程。

两年以后，这对年轻的情侣已成为海南颇负盛名的青年诗人。那位只有中学文化程度的黎族姑娘成为他们创办的文化公司的重要成员，还兼任了他们刚买的一栋别墅的总管。

这对情侣共同出了一本厚厚的诗集，名字叫《生命的绿洲》。这是一个美丽的故事。这样的故事，在我们每个人的生命历程中都曾经发生过。酷暑中的一阵凉风，客居异乡时的一个长途电话，多年不见的朋友突然相逢，一束亮丽的鲜花，甚至一个甜蜜的微笑，或许都能够成为我们生命中珍贵的一部分。我们因而有了兴奋愉快的日子，重新有了生活的勇气和力量，重新获得了激情，久闷心中的烦恼也一扫而光。一件小小的事情，对自己而言或许只是一念之间的举手之劳，但对于处在特殊状态中的人却是生命的拯救、灵魂的解脱。这也许就是绿洲对生命的意义。

有一年，我同几位朋友到枣庄去爬抱犊崮。抱犊崮陡峭如壁，我们几乎有了止步下山的想法。这时，有一位砍柴的老者从后面爬上来，看也不看我们就紧贴着石壁爬了上去。我的心中顿然生出一种征服这座山的激情，毫不犹豫地按着老者的方法爬起来。不久，我爬上了崮顶。站在崮顶，果然一览无余，白云缭绕，阡陌纵横，山顶风光无限绮丽，这是在半山腰无法领略到的。这次爬山的经历，深刻地镂刻进我的生命中，成为我人生中最丰腴的绿洲。

珍惜我们人生中的那些宝贵的片刻吧，它们是我们生命的绿洲。

春天的城市

　　春天是属于乡村的。河流欢快起来，田野碧绿起来，树林葱葱起来了。鸟儿鸣叫起来，大地松软起来，一切都明朗起来了。

　　春天的城市没有乡村的那些变化。春天来了许久，但城市的人们并没有乡村的人们见到春天时的那种欢快与欣喜，一切都在依然故我的步履中进行着。还是那些事情，还是那些谈资，还是与冬天无异的那种状态。

　　不知从什么时候起，城市里的人们眷恋起花草小鸟。城市人重新从原野中把花草移栽到花盆里，放到室内或阳台上，把鸟儿放到笼子里挂在阳台的一角。这是城市人对春天的一种怀念。但城市人恐怕难以想象，这温室中的花鸟虽然以暂时的鲜艳与鸣叫带来了春天与自然的音响，却已不是真正的春天了。

　　真正的春天，是一望无尽的嫩绿、一览无余的碧蓝，还有微风拂煦中的明媚阳光。

居住在城市中已经有几十年的岁月了，每年的这个时候，我总是产生一种无法排解的郁悒。没有春天的城市，给人的是倦怠与压抑的疲累，是没有休止的伤感，是漫漫长夜般的迷惘。大自然因春夏秋冬的更迭产生万千美景，人因岁月的转移呈现出不同的风采，没有了春天的城市，去哪里寻找美的序曲？

有一年的春天，我从闹市搬到城南的一处小山麓。这是一片新建的住宅小区，恰好在我住的楼房前，有一条窄窄的小河从城南的山中流下来，经过这里流进市区。小河从山间流过来，经过了一片布满沟沟坎坎的小山坡。这片山坡上没有居民也没有工厂，因而河中的那股一米多宽的水流是清澈透明的，两岸的草是翠绿的。这在城市的边缘是多么难得。而且，那片山坡上还有不计其数的柳树、杨树、松树和不知名的树。树虽然不是很高，也不是很多，但能够与远处几座山上的树连在一起，远远望去，也是葱葱一片绿海，我便认定是一片森林了。

住在城市的边缘，有山，有河，有林，我便幸福地认为自己居住在了山中，有了那种抬头见南山的悠然。

我希望，我楼前的那片林子慢慢顺着街道进入市区，让那一河清水流过整个城市。那时，春天的城市就不再悲哀，也就不用把花草养在温室中了。

给心灵留下清静的空间

朋友二三人，骑车十五公里才远离了城市的喧嚣，到达了城南山坡上那片翠绿的杨树林。

这个计划已经约定了很久，却总是被生活中的许多事打乱。我们每个人都带了足够的食品，甚至也做好了夜宿荒山的打算。

"瞧，鸟！"一向沉郁少言的小李像发现了新大陆似的跳起来，向一棵树奔跑过去。那棵树上有几只不知名的鸟，正啁啁啾啾地鸣叫着。

小李天真烂漫地仰望着那些鸟儿。那些鸟儿并没有因为我们的到来而飞走。小李认真地数着，告诉我们：共有十二只！

在出版社工作的张君很庄重地评价小李：童心不减，像个孩子。

小李似乎没有听见，依然乐滋滋地看着那些鸟。她从这一棵树走到另一棵树，又到较远一些的地方捡起几根形状奇特的树枝。

直到傍晚我们骑车返回，小李依然沉浸在她的乐趣中。

那一次郊游，给小李带来了出乎意料的快乐。小李天真烂漫的笑，没有随着时间的流逝而淡远，反而越来越清晰地成为她生命中鲜艳的部分。

生命的底蕴，本来是天真纯净的，我们正是从这个基点上，开始了漫漫的人生旅途，我们所有的精神世界，都是这个底蕴的直接反映。那个洁净的空间里，有我们的快乐与欢笑，有我们的爱好与兴趣，更有我们无限美丽的憧憬与向往。只有在我们的世界里，保留着这样一个洁净的空间，才可以说我们的人生是完整的，才能说是人生的享受。

可是，很多人，随着年龄的增长，将整个生命融进了浩渺的世俗海洋里，在悄无声息的岁月里慢慢地将所有的空间都让世俗，让所谓的事业给侵占了，却又毫无知觉。

只有保留着这样一个洁净的精神空间，在我们的心灵中，才会永远荡漾着希望的涟漪。那一次郊游，给予小李的人生启示，一定是她人生中的巨大财富，这有我从那以后经常接到她爽朗地笑着的电话为证。她的生命中，因为那一次郊游，重新开垦了一块纯净的空间。

品味人生

道家说人应该无知无欲、柔弱不争，像初生的婴儿那样纯真质朴。

我不是道家信徒，不想鼓吹世人都做虚静无为的高人，但觉得无知无欲地生活，乃是一种超然的人生。

记得从前每天挤公共汽车上下班，在公共汽车上发生了许多事。我若见有老年人站在己侧，就立起让座，不是单纯地想做好事，只觉得这老人若是自己的父母，别人不让座，自己会觉得这人实在可恶。有时发现邻近一座位上的青年不为老人让座，内心也不气愤，世上人总不是都以自己父母去推论别人父母的。有一天我的钱包被人偷了，我一声也没吭。我想那扒手偷钱时的情形，一定是东张西望，瞅着我的眼睛，心急促地跳。那心脏过快地跳动是有损健康的。

节假日逛景点或外出，经常见到那些蓬头垢面的老人或儿童伸来一双手乞讨，我常常把兜里的零钱拿出来放到那人手中，再给那人一个善意的微笑。我立即就得到了一个感激无比的回报。其实我并没有想得到感激，只是觉得自己在做一件善事。也并非不了解他们中有的是无赖，有的是假装乞丐，我不去管这些，拿点钱换来一种心灵的宽舒、一种内心的坦然，就足够了。也许其中有一个骗子拿到我的钱后便为欺骗成功而兴奋，但我还是觉得自己得到的多。他不过骗了那么一点钱，而我却是做了一件善事，又免去了行走、做事被扰乱。

骑自行车去朋友家串门，拐角处飞来一车相撞，自行车前圈变形。我立马对那人说："无妨，我去修就是，你尽管走路。"我看见那人回头大惑不解的样子，心里感到极为好笑，他一定认为我是个大傻子，怎么不去与他争辩。其实，我才不傻呢。车已撞，再吵也是撞了，修修不过几元钱，让他赔钱修也许又有一番争执，我何苦为了几元钱换一番敌人似的争斗？

总是这样生活，心里时时都坦然，不躁动，不争斗，不计较，心平气和。

精神的家园

我知道平凡是这个世界的本性，平凡是真正的人生，是美丽的风景。但我却再也难以抑制那颗凡心的跳动，灵魂之门向世俗关闭，而面向苍茫的天宇开启。

我于是开始了寻找那个心中的家园的历程。我热衷于走向现实世界之外，起码是走向现实世界的边缘。尽管肉体的需要使我依然要与现实世界沆瀣一气。养家糊口的义务虽使我逃避不了责任，但我依然要呼吸人间的空气。

那个美丽的家园在我的意念中，它遥远而又缥缈，它的四周罩着一圈美丽绚烂的光环。

在初始的时候，我为家园的模样而焦灼不安，怎么也想象不出那琼楼玉宇的构造与色彩，它像雾，像雨，又像一只漂泊的红船。我努力睁大眼睛，用双手伸向蓝天，戴上颜色极深的墨镜，但天空依然纯净得一丝不挂，没有丝毫踪影。

我发现我的追求只是一个意念，我在苍茫人世间不过只是一只迷途的羔羊。我坐下来面向脚下的土地，土地上有青嫩的小草，有涓涓的小溪，也有参天的大树。人们都不慌不忙地来来往往。一个不死的灵魂站起来昭示我：活着，还是死亡？这是一个问题。

　　是的，这是一个问题。我明白了，那美丽的家园并不在天上，而在自己足下这片黄色的土地上，营建它的，设计它的，只有自己。

　　于是我不再注意那凡尘间的一个个怪圈，也不再关心那一重重无休无止的悖论。我的双眼也不再观看虚无的天空。

　　我的精神的家园终于建立起来了。它的正殿是杜甫曾呕心沥血的茅屋，那里面还有几株供陶渊明赏玩的菊花，四周是一圈美丽的篱笆墙。站在篱笆墙下，南山依稀可见。

　　面对这个美丽的家园，我突然觉得似曾相识，它不就是我出生的家园吗？那里面有父亲的咳嗽声，母亲的浆洗声，还有我童年的嬉戏声。多年的人生之旅，自己不过是走了一个圆。

　　我因而猛醒，其实精神的家园就在自己的故乡，在自己的骨血中，在自己没有开始探索人生的初始里。离开了出生地，离开了自己的真实，一切的追寻都是徒劳的奔波。人生是一个圆，发现了这个秘密，人生将归于宁静和安详。

走近理性

总想脱俗，逃得远远的，无牵无挂，逍遥自由。到头来才明白，生活就是凡俗，就是人间烟火，只要还活着，还有一口生命之气，就必须吃饭、穿衣，休息，交朋友，孝父母，抚儿女。只是应该告诫自己，努力脱去庸俗，摆脱胸无大志、低级趣味。生活在凡俗之中，感受着蓝天白云、鲜花野草的艳丽与清纯，就足够了。

做人很难，难在时时以别人的言行来规范自己。假如反过来以自己的思想言行来规范世人就容易多了。和自己相符的是志同道合，相悖的则不与之论。这就必须具备些傻气、侠气、才气和骨气。

做了错事时希望有人理解、同情，渴望有人倾听自己痛苦的宣泄。做出了成绩又希望听到赞歌，看到别人羡仰的脸色。

其实这都是脆弱的表现。进取的人生在于不断向未来冲刺，过去的都是不可改变的历史，等待被理解和欣赏都是对青春的亵渎和浪费。

一个内心理性的人才会显示出厚重和深刻。面对纷至沓来的事情，总是以感知去处理应付，所以多数产生了不可改变的错误，带来沉重的懊丧。假如能够学会用理性的内心去对付万事万物，用理性的内心去忖度思索，用理性的内心统辖自己的眼睛和外表，一切都会重新开始。

每当看到那些为钱财而顾不上回家的人，就有一股悲哀油然而生。人很难抵得住金钱的诱惑，但那么多的人疲于奔命，都是仅仅为了丰裕的生活吗？有些人的可怜之处在于，挣很多的钱却来不及细细品味一根蔬菜的滋味。

有人说，生活中他可以没有朋友，但绝不能没有敌人。有了敌人就产生了战胜敌人的力量和勇气，自己因此而得到提高、变得顽强。可很多人却常常因为有一两个算不上敌人的同僚而妒火中烧。

马克思说，人要学会走路，也得学会摔跤，而且只有经过摔跤，才能学会走路。可是生活中好多人却因摔了一两次跤不敢再往前走。

凡·高为了画《向日葵》，向着太阳，去了罗讷河畔的阿尔勒，他每日目不转睛地注视着太阳从升起到落下，晒秃了自己的头顶，于是有了那幅传世之作。而今天，熬三个通宵就盼望成为作家，画一尺宣纸就做画家梦，岂不悲哀。

人生是一条奔腾不息的河，一刻不停地浩荡东流，我们必须时刻拽紧理性的绳索……

一个秋天将要远逝

一个秋天将要远逝，我目睹着无尽的叶子飘飘零零、纷纷扬扬地落入泥土的怀抱中。

我为眼前这壮观的景象而震颤。叶子从迷蒙的混沌中走来，经过四季的风雨盘剥，终于摆脱了世间的庸俗与虚荣，不再留恋凡尘的鲜艳与奢华，寻找到自己永恒的归宿了。

这是一个艰难的背叛与皈依自我的过程。

叶子是有生命意象的，它从那干苍衰败的枯树烂枝中，依靠着点滴的雨露，不屈不挠地开始了生命的进程，扶持着鲜花绽放，又扶持着果实成熟。但最终它领悟了。当它发现鲜花败落，果实也败落了，枝头上只剩下自己孤单的身影，它义无反顾地从亭亭的枝干上潇洒地飘落，回归树根生出的原始，这是一个壮丽的生命的回归。

叶子的生命是永恒的，它是在短暂的四季表象中获得了丰富而美丽的永恒。

叶子是崇高的，它是在短暂的生命之旅中做好了扶持鲜花与果实的工作，而后悄然飘落。它从诞生之初就确立了自己生的主题，把自己的终结故事写在荒芜的大地上。

这是一个伟大的进程。

面对这一个秋天中将要飘洒在大地上的叶子，我再一次获得了宝贵的生命洗礼。

我从遥远的乡村，沿着那条蜿蜒的小路走来。我努力挣脱了泥土的污浊，脱下了粗布衣衫，遵循着人类文明的足迹，寻找那个属于我的精神家园。

走出了家门，视野内就不再是熟悉的山川河流。懂得了观察与思考，也学会了喜怒哀乐，以时间的荣辱与兴衰填补未知的荒芜。

在这条曲折跌宕的路途上，我吃力地走着，对人们趋之若鹜的东西不屑一顾。

又一个秋天将要远逝。过往的那些秋天，从未给予过我如此强烈的禅悟。在这一个秋天的末日里，面对潇洒地纷扬飘落在大地怀抱中的叶子，一种崇敬之情油然而生。我终于领悟，我自己只是一个并不比叶子高明的动物而已，甚至远不如叶子那般飘逸，那般从容不迫，那般无牵无挂。一个冬天将要到来，严寒与冰冷将要到来，叶子就这样不屑一顾地完成了使命，从容走进冬天，去孕育明年新的生命。面对落叶，我的那些悲伤、那些失败、那些骄傲，又算得了什么呢？

抬头仰望天空，天空澄澈亮丽。我久晦的心情，顿然冰释，融入明快的生活中。

文学是一种缘

时常叩问自己，何以这样以生命和青春为代价去爱去痴迷文学？

生在农村，家中数代人无有识字者，自我拿回学校发的第一本小学课本之前，家中世代无一本藏书，从未受过文学的半点熏陶。小学和中学，依然存在读书无用的观念，从伙伴那里借来的一本《安徒生童话选》还被老师没收了去。到了高中二年级，不知怎么回事被分到了文科班。后来想，大概是老师看自己化学成绩较差的缘故，而不是因为自己的一篇作文曾被当作范文，也或者是老师的一个偶然的念头。在文科班里拼命地背史地，稀里糊涂地考取了大学中文系。至此与文学并没有沾边，听教授讲"盛唐之音""魏晋风度""建安风骨"，犹如到了中文的沙漠，眼中尽是漫天黄沙而不知去路。同学中似乎也极少有人刻意去做作家的，立志在仕途上大显身手的不是少数。

然而此时，一个极其偶然的机缘走进了我的人生之门。1982年底，山东省学联和省写作学会联合举办"山东省文科大学生作文竞赛"。当时辅导我们写作的助教是现在已经很有名气的女作家郭玲玲，她把通知念给我们听，要求每人写一篇作文。我想到自己作为一个农家孩子走出农村的不易和父母为之付出的苦难与艰辛，当夜流着泪水写了一篇散文《墒情》，是说农民的命运犹如久旱的土地逢甘霖。第二天郭老师即把我叫到系办公室，让我再重抄一遍，告诉我就以这篇散文代表全系参加评奖。郭老师在那篇文章后面写着：你是一个思考者，只要永远地思考下去，生命就会绽放出美丽的光华。一个月后，传来消息说《墒情》获奖了。当时全省的获奖者有三十多位，在珍珠泉礼堂开了颁奖大会。那个晚上我彻夜未眠，我想我应该抓住这条生命的纤索。

领完奖我做的第一件事就是到新华书店买了《红楼梦》《复活》《约翰·克利斯朵夫》。至此家中给的钱全买了书，学校发的菜票省下来也买了书，我沉浸在了文学的海洋中。我把熟悉的农村生活、农民的善良美德、自己对人生的感悟写出来。渐渐地，我发现文学王国是那么绚丽与雄奇。写作，你可以为悲哀找到替代，也可以为生存找到出路。你可以到生活的大海中冲击搏杀，也可以在温馨的小屋内自成一统。而最重要的，是能够时刻倾听自己心灵的声音，可以经常检阅自己的人生旅程，在检阅中重享往日的风景。

没有中学老师的偶然一念，没有那次极其偶然的征文，没有郭老师的选择，也许我就走到另外一条路上去了。人生是一种缘，文学也是一种缘。当机缘叩开你的人生之门，你紧紧地抓住它，它就会引导你走进成功的世界。

坦荡人生

印度诗人泰戈尔有句诗说：天空中没有留下鸟的痕迹，但鸟已经飞过。领悟了这个内涵，我们也就没有什么得失间的烦恼了。

"日月笼中鸟，乾坤水上萍"，这将日月看为笼中之鸟，认为天地乾坤不过水上泡沫的达观人生固为一般人难以达到的境界。但夜静天高之时坐在河边垂柳下，看看清风细柳，或许你会顿然发现自己一切的奋斗、得失、忧愁不过一笑而已。

每一个人都想活得坦然淡泊，只是许多人仅差了一步。星期日，我坐在河边看那岸边的垂钓者。一人一天无收获，傍晚上岸一脸失落。我上前问："愁什么呢？"他说："唉，一天了没钓到一条鱼。"我说："你来钓鱼是为了养家糊口吗？"他愕然："岂能如此，我是爱好钓鱼。"我答："对，你是把钓鱼作为人生的一个乐趣，从中体会人生的那份自然与清静，但为何又因得不到鱼而烦恼呢?"垂钓者恍然大悟。这正如那些勇敢的登山者、北极的冒险者、原始森林的猎奇者,不图获得什么,而是检验自己的勇气与胆魄,体验人生的超常与极致。

所谓坦荡,就是我们人生失利后的不以为意,是一种虽败犹荣的心理素质。恰如我们登山,虽然这一次登上半坡就为绝壁所阻拦,却为我们下一次登上峰顶探出了不可走的路。

归根到底,襟怀坦荡是对自信力的认可,是一个人对人生、对前途无限自信的标志。虽然这一次失败了,但我一定会在下一次东山再起;虽然暂时落后了,但我终究将在原来的基础上崛起超越。

"宠辱不惊,闲看庭前花开花落;去留无意,漫随天外云卷云舒。"有了这等坦荡心胸,人生何处不芳草。

北方的秋天

北方的秋天带给人们的是沉甸甸的收获。经过春的辛勤、夏的酝酿，你站在春夏两季编织梳理的田畴里，在内心深处的祈盼与祷告中，极目远眺那满野谷黄，呵，又是一个好秋！

秋天不像春天那般花满地、蝶满天、吹面不寒杨柳风，它给人们带来喜悦的同时又让人们想起黄昏落日。千山草黄，残阳如血，天色苍茫，瑟瑟秋风，远处几缕烧野的黑烟，地平线上摇摇晃晃的木板车与骑在牛背上无精打采的晚归牧童。随之而来的是不知何时涌上心头的失意与惆怅。

北方之秋最易让人想起严冬，因为秋天的到来同时预示着严冬的为期不远。它告诫人们不要陶醉于秋天的富裕，而是要珍惜春夏的汗水带来的收获，如此才能冲破严冬的冰凌，迎来姹紫嫣红的春天。因此它有居安思危的意蕴。

北方的秋天又像一位忠厚持重的老者，不崇尚风流妖冶的外表，既给你收获，又给你忧患。让你领悟，先有四季的同舟共济，才会有秋天的丰收与喜悦。

丰收与喜悦之中带着悲凉与苍茫，这便是北方的秋天。

心灵的远方

　　心灵的远方是美丽而永远的诱惑，它朦胧地闪烁在遥远的天际。有时你似乎接近了它艳丽的光芒，它却又飘然而去，在更远的天际扑朔迷离。它像一座灯塔，有了它的朗照，人生才不会黯然，不会徘徊踟蹰，才会走向辉煌。

　　早年的时候，心灵的远方是繁华的城市，那是母亲给我们讲的无数个动人的故事。母亲说，城里的孩子不用拾柴，不吃黑窝头，住在很高的楼房里，出门坐汽车。城市就成为我幼年心灵中美丽的远方。我对母亲说，长大了我也去城里。母亲很高兴地点头说，只要好好上学，就能去那里。

　　故乡是偏远的乡村，村前有一条弯弯的小路，我从未到达过小路的尽头。但我相信城市一定就在小路的尽头，在那蔚蓝色的朦胧中。我常常牵着母亲的手站在家门口，向小路的尽头眺望，想象着城市多彩的样子。

时间的车轮缓缓前行，心灵的远方渐渐变得清晰，那是老师和书籍的提醒。城市不仅是母亲所知道的样子，它还有更多的内容，我的生命就全部地交给了这个巨大的诱惑，尽管明知道它是那样遥远地存在于不可知的远方，却依然奋力不辍。我相信只要一刻不停地进取，终有一天会到达它的身边，沐浴它的光芒，享受它的温馨。有十年的光景，我的身心一直被那个心灵的远方诱引着。其间也跌倒过，也痛苦过，有时也须重复走一段旧路，但终究还是被它巨大的引力拽着，重新折向追寻它的大道。

历经十年辛苦，我终于在那个炎热的夏天到达了城市。我顺着家门前那条蜿蜒的小路离开了乡村，走进了远方的圣地。

陶醉感并没有持续多久，那个心灵的远方重新在遥远的前方闪现，向我昭示着强有力的诱惑。我审视着它已有的别于先前的光芒，它像我出生的乡村，像年迈老母闪闪的泪光，像童话中美丽的王宫。我惊讶地发现通向它的原来就是我走向城市的小路，依然窄窄地蜿蜒着躺在辽阔苍茫的原野。而这个远方却有着更多的人生底蕴和内涵，我虽然生长在那里，却发现我远没有体味到它所真正蕴藏的力量。处在繁华的都市，我却又成了乡村的"俘虏"。

心灵的远方是生命的灯塔，它引导着生命走向圣洁的殿堂。它永远存在于生命的未来，以强劲的力量昭示着生命绽放夺目的光彩。

冬天的阳光

　　阳光在没有了白炽与热烈的时候，我坐在了城市边缘的一个阳台上。光芒温热而柔情，洒满了头发与衣裳。

　　多少年没有这样的温暖了。没有冬天猎猎的风，没有那撕人心肺的寒冷，也没有了那些不寒而栗的伤痛。阳光和煦而温馨，像一个博爱的女人。

　　楼前是一片稀疏的白桦林。挺拔的枝干有着四层楼房的高度，伸展到了阳台的边缘。平直地望去，是一片黄叶斑斑的小树林，伟岸俊美的树干都隐在了树林深处。白桦林的尽头，是一带远山，山上依然是葱葱的绿意。模糊的黛绿穿过白桦林来到阳台的时候，我感觉到了冬天的辽阔与悠远。

　　站在最高的那座山头上，就能望到家乡，望见父母深邃的目光中含着的焦灼与希冀，还有母亲的眼眶里滚动着的泪光。

　　父亲的那张刀刻斧削般的面孔，在去年的夏天消失在遥远的彼岸。那个时候的夏天十分燥热。我总是想，父亲是去做一次愉快的旅行，像我童年时那样——他在那条曲曲弯弯的小道上先到达前方的一个路口，而后属望着我稚嫩的脚步。

想念父亲的时候，我就坐在阳台上观看这片平静的白桦林。又常常沿着林中的那条小路或穿过树林的尖顶到达远处的山梁。

我了悟生命最终都将走向一个永恒，如白桦林的叶子。我在每年的秋冬都目睹着无尽的叶子飘飘零零、纷纷扬扬地落入泥土的怀抱中。这壮观的景象令我激动震颤。叶子从迷蒙的混沌中走来，经过四季的风雨盘剥，终于摆脱了世俗与虚荣，不再留恋世间的繁荣与奢华，走进命定的归宿了。

叶子落尽了，白桦林更现出挺拔的洒脱之美。林中的那条小径也依稀可见，冬天的阳光拥簇着白桦林。

我感受过苍茫原野中那冬天的阳光，所有的无奈与痛苦都在微弱的光芒中颤抖。我因而曾崇拜夏日的骄阳，春天的绿色，秋日的荣光。可是，我最终从冬天的阳光中得到壮丽的永恒。

冬夜的思想

在一个漫天飞雪的冬夜，我走进自己思想的灵田……

一

并非所有的生命运动都可以被称为人生。芸芸众生中更多的是甘于平凡、安于庸俗、随波逐流的凡夫俗子，在我看来，这里面的很多人不应享用人生这个充满理性光辉的词语。

人生是一种思想，是一种不屈的纯洁的生命意象。

二

憎恶、绝望、孤独，这都是人生中可贵的超然品质。

憎恶使一个人冲出繁芜的生命沉淀，抛弃羁绊理性的世俗杂念，寻找到智慧人生的光明之门。憎恶是生命的顿悟，是人生走向理性的开始。

没有绝望，就没有灿烂的人生希望。只有当生命处在不可复归的绝望之中，它才会绽放出智慧的绚丽，才会升华出巨大的生命力量。绝望，是人生的思想光芒。

孤独则是一个生命走向理性的起点。正是有了那种摆脱世俗的孤独，才有了人生的不同凡响。

三

一个人走向卓越的主要阻碍是事无巨细、不加偏废。一个人的精力与智慧是有限的，什么都要装进去的脑袋只不过是一个容器罢了。

只有用理性的光芒抛弃众多的诱惑，在极少的部分倾尽全力，生命才会呈现出耀眼的辉煌。

四

有人对自身弱点熟视无睹、避长就短，而有了人生的悲苦与哀怨，招致了命运的不幸。

有人却不同，他们站在生命的高处，将自己优秀的部分发挥到极致，焕发出生命的所有潜力，从而有了超凡绝伦的人生建树，也因而有了人生的幸运。

五

人生至关重要的是生命进程中的顿悟。

人的生命像自然中的一片落叶，伴随着自然之气消沉与张扬。倘不能自我顿悟，任其枯萎凋零，便永不会呈现出精神的光芒。只有自我顿悟，那种生命行进中的理性思索，人生中的智慧把握，才会使人生走出大自然的荒芜，走进思想的灵田。

有了人生的顿悟，才会有人生的自我唤醒，才会有生命的绝响。

六

在生命的长河中，奔流不息的，是生命的思想之水……

拥有文学的生活

我从不敢承认自己是一个作家。在我的感觉中，作家是一个非常崇高的字眼。有一次我去拜访张炜，张炜告诉我，他从来不敢承认自己是一个作家，因为在他心目中，作家是一个遥远而神圣的词语。我还是学生的时候就读张炜的作品，张炜都不敢称自己是作家，这让我更加深了对作家这两个字的崇敬。因而，每逢一些朋友与读者称我是作家的时候，我没有半点的惊喜与得意，只有一万分的不安与惶恐。

但是，我拥有文学，我挚爱着文学，文学充满着我的生活。

我并非拿家里拥有几书架藏书，拿会写点儿文字，拿发表过的几篇文章作为生活的装潢。在我看来，文学是一种境界，是一种高度，它可以让一个俗人脱掉世俗的满身市侩，具有一种高洁的品质。因而当我发现了文学的这种功能之后，便一直在它的引领下向那个圣洁的王国靠近。我是一个世俗中人，但是因为文学，我懂得了什么是世俗，找到了可以远离世俗的办法。因为文学，我才能感觉到一片落叶的预示，一场小雨背后的东西，一片雪花的形状。

我从来不把文学作为一种理想，而是看作一个对话者。理想是一种虚无缥缈的东西，对话者却能成为我生活中不可或缺的伴侣。它总是安静地坐在那里，听我慢慢讲述自己的故事，我因而得到了那种一吐为快宣泄淋漓的快感。

有人告诉我，文学害了一代代巨人。譬如李白、苏轼，作家的骨气与傲气使他们敢于蔑视帝王，因而有了放逐流浪之苦。我不这样认为，李白、苏轼是我们这个民族的骄傲，是因为文学。文学神圣无比，生命的长短、死亡的形式，又算得了什么呢？因而当我看到不三不四的人在谈论文学的时候，心里就有了那种尖刀割心的彻痛。我因而很少参加那些冠以文学名义的有商业色彩的活动，我担心我心中的文学被破坏，我担心损害了我的文学生活的完整。

文学使我常常处在非常愉悦的状态中，不在于写出了一篇满意的文字，而在于时刻保持着那种宁静与安然。从来不去奢望那些非分的东西，因为有文学充满着我的生活就足够我享用了。我投稿给报刊的目的，不是为了名或利，而是为了在更大的范围内寻找知音，结识朋友。

我厌恶清高，那些总是高扬着头颅的人肯定是累且苦的。总是俯视，眼睛会疲惫，平视才是眼睛最舒服的状态。

　　文学的最高点上闪烁着的，是人性的光辉，我发现了它，并感受到了它的光芒。这种光芒，使我的生活永远明亮着，永远愉快着。

选择贯穿了生命始终

我们不能选择贫贱或高贵的出身，不能选择死亡的时间与方式，但生命的其余内容都可以由我们自己来选择。

在刻苦与懒惰之间我们可以选择前者，从而使人生处于永无止境的追求之中。

在贪利忘义之徒与谦谦君子之间我们可以选择后者做我们的朋友，从而使自己成为一个高尚的人。

爱情的选择是人生中至关重要的选择。成功的选择往往是那种不加任何客观因素，只注重感情的选择。而看重各种客观条件，把感情放在次要地位的选择，往往是爱情失败的前提。

在我们烦恼苦闷的时候，可以选择平静淡然的心境。在得意扬扬的时候，可以选择冷静。在大功告成的时候，可以选择继续奋进，使自己百尺竿头，更进一步。在失败颓丧的时候，可以选择不屈不挠，使自己冲出低谷。

最重要的选择，是当我们刚刚步入人生之旅的时候，我们面临两个目标，一个是卓越不凡但前途充满艰险与磨难，一个是凡夫俗子而一生无难无险。有人选择了前者，从而使自己的人生在波澜壮阔的风浪之后走向了理想的彼岸。更多的人选择了后者，一生平平淡淡、安安稳稳地过日子。

　　选择组成了人生的全部风景，我们一生中的所有事情都是由选择连缀而成。成功的人生是因为一个个成功的选择，失败的人生同样源于一个个失败的选择。

　　成功的选择来源于人生的自信与勇气。坚定的自信调动了自身的巨大潜力，从而使生命焕发出无限的能量。

　　选择是一种理性的人生把握，它需要坚定的信仰与智慧。因为，只要选择，就会面临多种路途，就意味着会失去很多。甚至有时候选择还会带来伤害，带来痛苦，带来终生的失落。这个时候，我们所牢记的，应是终生追求的目标。世界上没有十全十美的事情，得到就意味着失去。只要我们选择了奋进，选择了离终生目标最近的道路，一切的失去与痛苦都是有价值的。

　　只有理性地把握了每一次选择，我们才能够站在人生的高处，领略独特奇异的风景。

故乡风情篇

　　我抚摸着你柔顺的长发，问你泰戈尔诗的意蕴。你湖水般幽深的眸子注视着我的眼睛，我就明白了你没有说出的话。我说，你就是这林子中的小空地，幽远、深邃、神秘，与众不同。你说，林子早就存在，槐树已长大了好多年，只是以前我们没有来过。

　　于是，我们说到缘。

秋天的故事

当洞房里只剩下我们两个的时候，你眨闪着那双从一见到你就再也忘不了的眼睛，对我说："我们该写下那一个秋天，那么绚烂独特，那么迷人，那么神奇。"

其实每一个秋天都同样丰硕绮丽，都有与另外的秋天不同的韵致，都有独特的风景烙在记忆里。你之所以特别珍视那一个秋天，是因为它早已超出了秋天的意义，对吗？

那本是一个凄清的秋天。

我从压抑躁闷的火柴盒似的高楼里走出来，抱着一本厚厚的《泰戈尔诗选》，挤出五颜六色的如我一样火气烦腻的人流，寻到郊外一片人迹罕至的小槐树林。林子很浓很密，叶子下面是嫩弱的、细细的、毛茸茸的草，树干和树枝上长满了尖尖的、刺人的针，有时还有叽叽喳喳的、各类各样的鸟儿。

这里十分静谧，我于是超然出世般在这不见蓝天阳光的林子中间的一小块平地上读泰戈尔，静聆时光流水般匆匆逝去的声音，想很久很久以前的童年。

一切都是不染纤尘的缘。那个秋天，你就在那个烧着晚霞的傍晚，也挤出人流越过城墙走进林子里，来到那一片小平地。你也是难耐尘世的喧嚣才顺着那颗骚动的心一路寻访来的。当时我感觉到我们早就相识，从你那一双眼睛，那一双说着动人故事的眸子里，我就看了出来。那一块小平地，于是就注定成了我们命运的祭坛。

灿烂的夕阳在瑟瑟的秋风中从槐树的顶端泻下一些圆圆的光斑来，微风吹过，那泛黄的叶子飒飒地响起，飘落下来，像下金钱雨。带刺的枝条在风中摇曳，划伤了你白嫩的臂膀，流出了鲜红的血，你不以为意，淡然一笑。远处楼群上空，有云的影子。

你看到我在读泰戈尔。

我看到你白皙的纤手中是泰戈尔的《飞鸟集》。

后来，那一个秋天里，那一块小平地，就自然而然地成了我们的领地，因为秋天，因为泰戈尔，因为那有刺的槐树。

我抚摸着你柔顺的长发，问你泰戈尔诗的意蕴。你湖水般幽深的眸子注视着我的眼睛，我就明白了你没有说出的话。我说，你就是这林子中的小空地，幽远、深邃、神秘、与众不同。你说，林子早就存在，槐树已长大了好多年，只是以前我们没有来过。

于是，我们说到缘。

那块小平地属于我们，整整一季秋天。

我们终于情愿而又满怀伤感地走出了林子，走回城市高高的楼群，世界不再深闷，天空清澈而亮丽。

那个富有魅力的秋天，你曾经站在小平地上那么痴醉地祈祷的秋天，不容挽留，一如既往地告别了我们。但我们却没有忧伤，我们的灵魂之门早已深深地锁住了那一个秋天的全部风景。

我们相携踏步走出小树林，以一种崭新的视觉去观赏下一个秋天的绚烂与富丽。

挚　友

　　大周末，天空阴霾四合，有丝丝的小雨吹在脸上。我总觉
该到田子那里去一次了。每日安排得满满的采访写作事务，使
我们又有几个月没有坐在一起。田子是我的师兄，而且大约是
同生在那块热土的缘故，我们除了师兄弟情谊之外，又多了共
同的爱好与做人的准则。而更重要的，我想是我们两人同出身
于贫寒的家庭，同有着相似的人生伤痕，这使我们在远离家乡
的城市里成为相知甚深的挚友。

　　田子做人宽厚从容，又有着机关干部的严谨与慎重，这使
他过早地走向成熟，但也使他陷入了自己人生的泥淖。他总是
过多地看到自己的弱点与不足，看到自己不小的年龄，而又总
是把女孩子们看得圣洁而高贵。所以，他离异之后，尽管时间
将近两年了，但我那千呼万唤的嫂夫人依然没有着落。

　　一个三十二岁的成熟的男人，每晚独自待在那个足有八十

平方米的居室里，房间的空荡与心灵的空荡我想象得出。

　　到达田子的住处，开门的是另一个人。我喜出望外，他也是我的师兄，现正在一个县里当副县长。我的到来，顿增了许多快乐的气氛。和这位李师兄有十年未见了，只是知道他毕业后被分配到一个市委办公室，后来去了县里任职，是我们同学中的佼佼者。

　　我落座了许久，田子还在教训我，一个下午打了几次电话找我，就是没有人接，看来还是有缘。

　　我们相视一笑。

　　对于我来说，李兄是个成功者，自有着和谐而亮丽的人生，所以谈了不久，我把话题自然地引到了田子的身上，从心里希望增加一个砝码说服田子。

　　岂料，酒过三巡，话题急转而下，远道而来的李兄竟不顾我的劝阻，连干三杯，而后放声大哭。

　　双目透红，涕泪交流，一个五尺汉子，一个人生的成功者，此情此景，我顿感一片茫然。

　　田子给我讲起李兄的故事。李兄家兄弟七人，家境十分困窘，他在小学五年级时就失了学，之后到一个工厂做工，边打工边自学。后来他与同厂的厂长女儿相识、相恋。厂长坚决阻止，而且下令开除了他。正在这时高考恢复，女孩不顾一切地支持他考大学。连续落选三年，都是女孩以自己火热的爱情重新点燃起李兄的进取之火。第四年，他终于考取了。李兄总算给女孩争了一口气。自然，大学毕业后，他们成了夫妻。

可是，生活却没有厚待饱经艰难的李兄。后来，妻子因病切除了子宫，不能生育，他们抱养了一个孩子。刚开始，妻子的情形还好，但不久心态急剧变化，她总以为自己不该有这样的回报，总以为自己比别的女人低一头。她摔打物品，虐待孩子，后来发展到虐待老人，到李兄供职的县里撒野。李兄把她送到精神病院，住了一年，但效果并不理想，出来一切照旧。

不能抛弃她，李兄怎么也舍不下当年的患难情意。

不能与她争吵，家庭中天天充满战争，这是大忌。

不能躲避她，他总想着自己做儿子、做父亲、做丈夫的责任。

不能向朋友倾诉与流泪，一个成功者，还会有痛苦与泪水吗？

田子说完，我默默无语。一个人生的成功者，跑到省城，当着十年未见的同学流泪，我还能说什么呢？

是劝田子，还是劝李兄？

瓶中的酒已经不多了，不觉间三斤白酒已经下肚，三个男人的头都增大了几倍。

夜已深了，我走在回家的路上，任凭雨后的凉风尽情地吹在脸上。

在这个纷繁的人世间，有着多少酸苦的故事？我们中的每一个人，又在扮演着几个角色？流进心里的，本是苦涩的泪水，却又在脸上强绽着微笑。

面对田子与李兄，面对我们所处的世界，我只有默默地祝愿。

窝窝头

　　每当坐在宴席之上，看到有一盘黑黄的窝窝头悠然处于其中，总有一股酸涩的滋味从内心涌出：我的遥远的窝窝头哟，你竟然走上了雅士的殿堂，成了一种特殊的文化珍品，十年前你会想象得到吗？

　　日子并不太遥远，但我却总以为恍若隔世了。1978 年，我离开村子到镇上读初中。由于离家有十多里路，学校又规定一次要带一个星期的干粮，所以每到周末，母亲就忙开了。父亲、姐姐，加上我和母亲，便去村头的石磨屋里磨粮食。因为是给我上学准备的，所以母亲就从几个很小的布袋子里拿出几把黄豆、高粱放到磨眼里去，而不像平常只是玉米或地瓜干了。大约两个小时的时间，十多斤地瓜干、黄豆、高粱三合面就磨完了。而后母亲就忙起来，将面蒸成整整两大锅窝窝头，像军事沙盘上的一座座小山似的。姐姐负责烧火拉风箱。傍晚，母亲把大约四十个窝窝头晾在厨房的一个箅子上。姐姐拉完风箱，母亲看到她瘦弱的样子，便拿一个给她说："给你一个，尝尝就行，等你弟弟考上大学给你买好吃的。"姐姐便很高兴地拿了去院门口慢慢品着吃。这种三合面窝窝头香脆、酥甜，在一般人家是少有的，父母、姐姐平时在家里吃的是清一色的地瓜干窝窝头，那种窝窝头往往因地瓜干的变质而充满了酸涩的霉味，难咬、粘牙，像皮球一样富有弹性。每当母亲用那种自做的很大很大的网兜给我盛满三合面窝窝头，我背上去学校的时候，我就将滚动的泪珠咽到肚子里，暗自立志：将来一定让全家都不再吃纯地瓜干的窝窝头，要吃这种三合面的。白面馒头，那时是不敢想的，那太遥远了。

在学校里，同学们一般每顿饭吃三个窝窝头，个别同学吃四个。每天饭前一小时，他们就用一个小网兜盛了放到学校食堂的大蒸笼里。大多是地瓜干窝窝头，像我拿的三合面的，是少有的。一样是窝窝头，却不会混淆，有的大些，有的小些，有的是圆的，有的是扁的，大家都不会搞混。下课铃声响过，同学们蜂拥到食堂拿走各自的窝窝头，就有了继续学习的力量了。一般窝窝头到了星期四就开始长那种细小的白毛了，我们就用水先洗一洗再去蒸，味道有些酸腐，但没有同学会扔掉。因为，这也比家里人吃的要好一些。

当时，老师常常在吃饭的时候对我们说：考上大学就吃白馒头。我们于是就赶紧地把窝窝头吃下肚去，憋足劲到教室里学习，从不知疲倦。有的教室里挂着一个窝窝头和一个白馒头，中间画一个箭头，极形象地显示出那种遥远的差距和目标。后来学校不允许挂，但窝窝头和白馒头在我们心中却挂得很牢很牢了。

我吃母亲特制的那种窝窝头一直到 1982 年，我考上大学了，离开了鲁西南那片贫穷的土地，离开了给我窝窝头以壮我筋骨的父母，开始了吃白馒头的历程。

现在家乡的人们已不再吃窝窝头了，但它却没有绝迹，而且居然理直气壮地冲杀到了城市的盛宴上，成为城市人接待的佳品，这恐怕是我的父母无法想象到的。

窝窝头尾随着吃它长大的人冲到了都市，成为都市不可缺少的一分子，我想，这是一种必然。

吃着窝窝头读中学的经历，在当时我年少的心中，以为是一种人生苦难，但今天，我却毫不怀疑地相信，那是我一生受用不尽的人生财富。

假若有来生

　　姐姐怀里抱着年幼的外甥，右肩上挎着一个大大的粗布包，身后背着一个鼓鼓囊囊的编织袋，从鲁西南的嘉祥老家到济南来看望做编辑的弟弟。

　　姐姐敲门的时候，我与妻子正十分焦急地看着电视上关于鲁西南大雨成灾的报道。我心急如焚，家乡的农民生活并不富裕，这大雨岂不让半年收成随水流逝！正在这个时候，敲门声响了。妻子开门："哎，姐姐，姐姐来了！"妻子高兴地叫我。

　　姐姐又来了，还有我不满五岁的外甥，从数百里之外的农村老家。

　　姐姐长我六岁，属鸡，今年是她的本命年。姐姐不识字，是因为我。1963 年，我出生在我们那个贫穷的家里。将到入学年龄的姐姐，担起了照顾我的责任。父亲要到很远的关东挣钱，母亲要去生产队干活挣工分。在姐姐那瘦弱的背上，我度过了天真烂漫的童年。在那背上看坑塘边的青蛙，在村头接晚归的母亲，在大门口的榆树下乘凉，姐姐的背就是我的天堂。

我到了入学年龄，姐姐已经十三岁了，她又担起了家庭生活的重担，做饭、织布、放羊、喂猪、养鸡鸭。当时的我并没有意识到姐姐任务的繁重，只是知道要钱找姐姐，吃干粮找姐姐，穿衣找姐姐，姐姐永远能满足弟弟的需要。只要放学回家，姐姐一定站在街口等我，我便被姐姐牵着一溜小跑去接下田劳作的母亲。

后来我离开了村子到十里外的镇上读中学。开始姐姐很高兴，给我包了好多衣服，尽管是夏天，但也带了棉衣。但后来姐姐总放心不下，总以为我照顾不了自己，就每十多天去学校一次。再后来每周都去，每两三天就去，送干粮，送亲手炒的青菜，送衣服，送精心绣制的鞋垫。到了接近高考的那一年，我焚膏继晷，身体每况愈下，脸色蜡黄，眼睛近视一天比一天严重。姐姐见到我就流泪，后来再来看我的时候就说："咱不上学了，受那么大苦，回家吧，姐姐挣钱。"姐姐又求父母，坚决让我回家去。面对姐姐心疼的关爱，我越发舍命用功，夜以继日。

我接到大学录取通知书的那一刻，也许是姐姐一生中最幸福的时刻了。从接到通知书的那天起，姐姐就开始为我做离家的准备，崭新的被褥，新做的衣服，新绣的鞋垫……姐姐终日沉浸在无比的兴奋之中，一天到晚脸上挂着笑容，眼睛里滚动着喜悦的泪珠。她逢人就说："我弟弟考上大学了，你可不知道他受了多少苦。"

上大学几年，离老家远了，姐姐也出嫁了，但我依然经常接到姐姐专门捎来的东西和姐姐委托别人写的信。姐姐告诉我，考上大学了，不要再那么拼命，免得累坏了身体。

在省城做了刊物编辑的我已届而立之年，有时借外出采访的机会转道去看姐姐，但算起来还不如姐姐来看我的次数多。有时，当我置身清凉的黄海之滨，面对浩瀚的大海，想到姐姐还没有到过海边；站在泰岱之顶，想到姐姐还没有爬过泰山；吃着特色美食，想到姐姐都没有听说过这菜的名字，心里便酸酸楚楚地难受。但过不了多久，这情绪又悄然消失在不尽的平淡之中。

每年，姐姐都从农村老家来省城看望我两三次，带来家乡的许多特产。每一次见到我，姐姐的眼里都禁不住地溢出牵挂不尽的泪水。我拿出自己刚刚出版的散文集告诉姐姐，这是我写的书。姐姐却说："这么厚的书，得啥时写完，你看你又累又瘦了，脸色还没有我上次来时红润。别再写了，没事就出去散散心看风景。"

面对姐姐，我的泪水向内心深处汩汩流淌。

抬头仰望苍天，我默默祈求：假若我有来生，我定要做姐姐，让姐姐做弟弟……

人生的约定

曾记得当我将要走出大学校门的时候，与同窗好友陈君依依惜别。同学几年，共同的爱好与志向、共同的经历，使我们引为知己。将要天各一方，总觉得我们之间似乎该记住些什么。陈君说："我们来做个约定吧，十年以后再见面的时候，都拿着自己的专著。"我们凝视着对方，两对眸子中燃烧着理想的火焰。我们充满自信地挥手而别。

在这十年当中，尽管经历了说不尽的坎坎坷坷与风风雨雨，有成功的欢欣，也有受挫的失意，但在我心中，最重要的，令我刻骨铭心的，一直是那个纯真的约定。不论经历了多少苦难与艰辛，也不论有多少新的信息，我都一刻不停地为这个约定而努力着。在我的心目中，这不是一个简单的承诺，而是一个人生目标。

毕业十年后的一次同学聚会上，苍老了许多的陈君站在了我的面前。我十分惊诧，十年不见，同学们给我的印象大都是成熟与老练，唯有陈君，增添了许多的萎靡与暮气。我不知道这十年中他经历了什么，只知道他一开始被分配到一处山区的中学，后来又被调到一个县城的中专学校，生活还比较舒心。

我十分庄重地从包里拿出早已签好了名字的书，这是我积几年之力出的第一本散文集。参加同学聚会，我只带了这一本，我是为了那个约定而准备的。因为，正是那个约定，才使我在这十年当中努力不倦，愈挫愈奋，没有在意一得一失，也没有追逐暂时的浓艳，而是一味沿着约定之路前行。半年前，当我的散文集出版的时候，我的欣喜与喜悦感染了身边的很多人，那种信守约定，完成了约定的自信与满足，是我十年当中从未享受过的。

陈君接过我的书，说了句："哟，出书了，不简单。"而后就随意地把书放在自己的包里。他很随便地翻了翻，甚至连扉页上我签有"为了那个美丽的约定"的字都没有看。他的表情很木然，没有一丝我预想中的惊喜和高兴。

我提到嗓子眼的心，顿然落到谷底，变得失意而冰凉。我信守十年的，那个属于我们两个人的郑重的人生约定，他竟然忘了吗？

相视无言。十年以前，我们也是曾这样对视着的，然后转身去履行我们的约定。可是今天，我却怎么也按捺不住自己，一种真情被践踏、被冷漠、被屈辱的感受涌上心头。我问："这十年你是怎么过来的?""唉,稀里糊涂,稀里糊涂,混日子罢了。听说你混得不错?"

我简直不敢相信,站在我面前的就是那个当年与我同窗共读,矢志以泰戈尔为目标的陈君。很多时候,我们都相约到图书馆,在那个几乎成了我们书桌的案旁,读托尔斯泰,读老庄。我没有回答他的反问。那种世俗的客套话,已使我再也没有了半点谈下去的兴致与热情。

在一起两天,陈君从未提起我们当年的那个约定,我也没有说。我想,那个圣洁的约定,早已在他世俗的生活中随着时光流逝了。我们再一次分手了,这一次没有任何约定。

约定,是一个目标。信守约定,是一种人生境界。尽管陈君忘了我们的约定,但我却因约定而走过了自信充实的十年。这个约定将变成美丽而圣洁的记忆,作为珍贵的藏品,永存在我的心灵之底,伴随着我的心灵,走向下一个我自己的约定。

寻找自己的天空

　　久无音信的徐猛那天突然推开我的家门，身后跟着他俏丽的哈萨克族妻子和已三岁的女儿。徐猛的外貌并没有多大的改变，只是轮廓更加分明，双眸显得更咄咄逼人，说话的语气更富节奏感，神色更加自信。从递给我的印刷精美的名片上看得出，他如今是新疆一个市的副市长了。

　　徐猛是我的大学同窗，毕业后被分配到内地一个繁华的小城。那是一个有着深厚文化内涵的城市。小城百年，绵绵延延早已形成密而不透的人际网络。几千人聚集在方圆不过十几里的狭窄的圈子内，又有许许多多的圈子将人们定位在一个个宿命般的位置上，任何充满个性的抱负与才华都在一个个圈子的限定中消耗殆尽。接到通知书的那一刻，他告诉我，不能把青春不明不白地埋葬在那个令人窒息的小城，做世俗传统的牺牲品，他要到外面的世界去寻找自己的天空。不久，我果然从朋友们口中得知，徐猛在小城工作半年之后不辞而别了。

徐猛是一个个性极强、极有血性的人。在同学中，他过早地显示出落拓不羁、不甘流俗的性格。同学几年，他苦心于历史和哲学，矢志要做一个政治家，也要通过文字留给后人，绝不能平庸窝囊地活着。我了解徐猛，因而当年对他的贸然出走，没有诧异，只是存了一分担忧，担心年轻气盛的徐猛在远离家乡之后一旦受挫，就因缺少帮助而走向极端。但我从内心相信，以徐猛的坚强意志，不论遇到何种艰难困苦都会克服的。

徐猛一如我心中的徐猛，十年后他站在我面前，依然神采飞扬、谈笑风生，那种自信、洒脱丝毫不减当年。徐猛告诉我，他十年前只身离开那个小城西赴新疆，流浪了一年之久，做过搬运工、养路工、挖土工，一度为生计而疲于奔命。但是，他从未丧失过信心，他坚信总能找到一个适合自己的地方。后来遇到伯乐，他扎扎实实地干起来，在短短几年内，以优异的业绩渐渐为上司器重。后来他担任了团市委书记，又被委以副市长的要职。他终于在苍茫的世界中寻找到了适合自己飞翔的天空。假如当年徐猛听任命运的安排，安身在那个平静安逸的小城，如今或许也难免如小城里的人们一样，将自己的才华和抱负都消耗在平庸的等待之中，把自己鲜活的生命和不凡的灵魂沉没在烦琐的事物中。而那些美丽绚烂的理想，便定如东逝之水了。

生命的意义在于激发自己不断探索与进取，在动人心魄的抗争中，寻找适合自己存在与发展的坐标，升华灵魂，洗练思想，走向卓越。

既然旧的氛围不能容下一个思想者的抗争，既然不能在这片土地上埋下种子收获个性，既然活着的意义已变成一种敷衍、一种应付，假如你不甘于流俗，就只有义无反顾地离开。

征程无涯，下一条道路或许更坎坷，下一个城市或许更令人失望，新识的一群人也许更加不中意，但最终却让你在艰难的征程中饱览了大自然的绮丽与人世间的多彩风景，体验了生命处于极致的雄奇。

任何一个不凡者，一个卓有建树的人，必定要经历一个冲破羁绊的过程，如那咬破蚕茧的飞蛾，脱颖而出的锋刃，破土挺拔的嫩竹。

其实，我们每一个人都生活在无数的传统与羁绊中，伦理的、世俗的、感情的，种种无形的绳索时刻缠绕在我们周围，扼杀着个性的张扬与拓展。冲破羁绊，放逐自己，到浩渺的人生之海上去闯荡，其实并非想象得那样艰难和遥不可及。它只有一步，你要坚定而毫不迟疑地跨出这一步，就足够了。

冲破世俗的偏见，发现和寻找自己的天空，是成就事业的基石。当我们勇敢地跨出了第一步就会惊奇地发现，人生的道路异常宽广，世界是那么斑斓多彩，原来畏惧、顾虑的那些不可逾越的东西，本是不足为虑的。

　　固然寻寻觅觅耽误了成功的可能，甚至终生没有寻找到适合自己的天空，但谁说寻找本身那种新奇的人生体验，不是生命的成功？

读书的打工仔

　　济南英雄山下经过一阵子的清理，沉寂了几个月，最近又繁荣起来了。卖鸟的，卖花的，卖书的，卖画的，还有卖小百货的，都悄然在山坡边铺摊搭架，熙熙攘攘……

　　我们报社就在英雄山附近，我处理完分内事去那里闲逛，不过几百步路。或许能在那几十个旧书摊上觅得一本十分珍贵的书，或在画市上买到一幅奇绝的旧画，这些是常有的事。

　　十几天前的一个下午，我又去了那里。顺着山坡往东走，是书摊和画市。我边走边看，不觉到了尽头。再往东，是一片临时搭起的工棚。济南这样的工棚有很多，在很多建设场地都能看到。不知道是一种什么动机指引着，我意欲继续往前走，到那片工棚里看个究竟。工棚有十几个，都是用砖简单地垒起来，上面盖了那种遮雨的石棉瓦。我从西至东一个一个地看，有的是用来放粮米和建筑材料的，有的有做饭的锅灶，有的是住人的宿舍。宿舍里并没有床，只是在地上凌乱地铺了些干草，干草上是几张破旧的席子。看到这些，我的心中就有些苦涩的东西在流淌。房子都没有门，只是一个个长方形的洞，看了几个也都没有人。走到尽头处的一个房子里，终于看到一个工人。他蹲在席子上，手里拿着一本书在看。好奇心驱使着我走进去。我有了极大的兴趣，他怎么没有去工地？是负责看东西，还是休息？我站在他的对面。他毫无敌意地坐直了身子，很客气地与我打招呼，并把书放在了身后的一堆被褥上。我看到了那本书的封面，是余秋雨教授的《文化苦旅》。《道士塔》一文中被折叠了一页，显然他正读到这里。我十分惊诧。在这样的一个工棚里，有人在读《文化苦旅》，而不是流行小说。坐在我对面的那个蓬着头发、脸色紫黑、衣衫不整的青年，顿然让我眼前一亮。我用很沉静的目光看着他，那是一双茫然中透着睿智的眸子。他说，这本书他已经读了第三遍了。我问他书的来历，他说是上一个月发工资后，给家里寄去钱，从自己剩下的生活费中节约出来买的。他说现在书贵，一个月他只能买一本。他又从角落里的一个纸箱子里拿出两本书让我看，一本是钱锺书的《围城》，一本是周作人的《谈天》。

一种沉重的情绪袭上心头。挤出生活费来，而且是那点可怜的生活费，买书来读，生活对他太吝啬。他是济宁人，几年前高考落榜，娶了媳妇，却又不甘于乡间的闭塞，于是随村里人来了济南。他全然没有我那种怆然的情绪，他很得意于他的工作和收入。他把大部分收入寄给了家里，家人的生活有了保障，晚上有电他可以读书，他还可以在街上买各种过期的报纸、杂志看。他又从那个箱子里拿出几张叠得很好的报纸给我看，那是几张地市报副刊上发的他的散文。他很自信地告诉我，他在这里干几年，挣些钱买些书，尔后回家写乡间的故事。

我将他带到报社我的办公室，给了他一册我们报纸的合订本。他喜形于色，当下就痴痴地读起来。

后来，他经常到我的办公室里来，他成了我的朋友。

我想，假如上海的余秋雨教授知道有这样一个青年打工仔用生活费节约的钱买他的《文化苦旅》，在那间工棚里读，他一定会品味出一种文化现象，嗅出一种新的社会心理，写出一篇再次轰动社会的作品来。

人世间，总有各种各样的人同时存在。尽管有人跳槽，有人下海，有人轻视文学，但文学依然美丽绚烂，依然有人拿生命爱文学。

我的这位打工仔朋友在我的心目中占有重要的位置。他的工作在有些人看来是卑微的，但他的心灵，却因为读书而得到了升华。

这个打工仔给我的启悟，将使我终生受用不尽。

愧为人子

直到父亲咽下最后一口气，再也没有了有节奏的喘息声，我握着父亲的手，由温热变得冰凉，哥哥、姐姐、叔叔们悲怆的哭声震撼着父亲住了三天四夜的病房，我怎么也不能相信父亲真的就这样去了。

我跪在父亲身边，看着父亲，父亲依然那样安详，只是脸色蜡黄，双眼里的瞳仁已覆盖了眼球。我的面颊紧紧地贴在父亲的胸口，我努力搜寻着心跳的声音，但父亲的心脏再也没有半点声响了。

我盯着父亲，一个在缤纷的人世间顽强地存活了六十四个春秋的实实在在的生命，就这么轻淡地远逝了吗？您那一生喜爱的小儿子，他远离了故土，远离了您的身边，刚刚在您一生所憧憬的都市有了宽敞的住宅，就要将您从偏远的乡间接来享受大都市的繁华的时候，您就这样不容挽留地走了。

就在今年的"五一"，我携妻从省城赶回鲁西南的老家，我是那么兴奋。本来春节我是在老家过的，刚离开父亲不过几个月，可我还是毫不迟疑地决定不参加报社组织的去黄山游览的活动，回到了老家。因为，我有足够的条件可以接父亲到省城颐养天年了。十年以前，当我拿着大学录取通知书，在村口告别父亲时，我对父亲说，待儿子完成学业，接父亲去城里住。十年来，我不敢松懈，在事业上取得长进的同时，努力改善家庭生活水平，以期早日接父亲来住，使父亲住得舒适。前几年有过几次念头，但都被父亲以住房挤拒绝了。今年我终于有了宽敞的住房，总可以接父亲来了。为此，妻子特意买了洁白的窗帘，并在父亲的房间铺了地毯，放了一台彩电。

一路上我想象着父亲随我离家告别乡亲赴省城的情景。父亲一生不识字，自十七岁起就承担起家庭生活的重担，只身赴东北扛大木烧砖瓦，备尝生活的艰辛。父亲总是这样告诉我们，他之所以饱受苦难，就因为没有文化。因而父亲不惜一切供我们兄妹读书，不论家庭生活多么需要人手，父亲总是一人默默承担。有时，我们实在看不下去父亲的劳累，主动帮他做活，但每次都立刻招来父亲的痛斥。在我年少的心灵里，早已深深镂刻进了这样一个坚定不移的信念，早日学成立业，让父亲好好享受人间美景。我与妻子到家时，父亲已在村口等了六个小时。父亲说他猜准我会回老家看望的，一早就到了村口。

尽管父亲知道从济南到家乡要六个小时的时间，但他说离开了济南没准哪一会儿就到了。父亲在我的搀扶下回到家里，心情异常好。我告诉父亲，我有了很大的房子，专门为他准备了房间，可以去济南住了。父亲说待今年的这一季苹果收完再去。父亲种了二亩苹果树，今年长势极好。父亲又说要有段时间告知亲友，那么远，走了就难来了。我看出父亲于高兴之中有些故土难离的心情，但瞬间又复归于父子相见的喜悦之中了。我也有一身轻松的感觉，父亲一生辛劳，终于可以去品尝一段做大都会市民的滋味，而我总可以尽人子之心，回报父亲生养之恩，了却自己十几年的心事了。

"五一"放假在家几天，父亲总是很认真地听我讲外面的事。父亲对国家时局非常关心。他拿出一沓报纸和杂志，那全是有我的文章的报刊。他说这都是从我在乡里工作的堂弟那儿拿来的，他总是让人念给他听。那几天父亲精神一直很好，每天父子谈心至深夜。

人们说，父亲最后有几个小时的清醒，是留下最后的气力等着我归来的。我确信不疑。我是父亲的小儿子，父亲的晚年一直在为我而自豪。虽然，我从未因记者这个职业有过半点的优越感，但是父亲却一直为有个记者儿子而骄傲着。他总是这样告诉亲友，做记者的，都是有很高文化水平的人。

父亲去世一年多了，但我对父亲的追念不仅没有随着岁月的流逝变得淡漠，反而越来越强烈，越来越充满了难以原谅的自责。父亲一生没有享受到儿子的回报，他完成了父亲对儿子的义务就这样悄悄地去了。当年，对于儿子，他是那么地竭尽全力，那么地刻不容缓。可是，当儿子反过来回报的时候，却一拖再拖，终于，没有了机会，永远没有了机会。站在济南的最高点，遥望鲁西南深处埋葬父亲的黄土地，我只有日甚一日的自责，只有愧对父亲、愧为人子的忏悔！

宁静而美丽的地方

大学同学毕业十周年聚会，欣然没有来。有人告诉我，她一开始被分到了一所县城学校，后来不知为什么去了一个偏僻的小镇任教。这么多年了，同学们对她的消息知之甚少，只是零星地知道她去了一所镇小学，嫁给了那里的一个人，夫妻两人在那个只有他们两人任教的学校教书。

毕业十周年，大家已从二十岁左右的翩翩学子变为社会中各个层面的中坚，有的当了处长，有的考取了研究生，也有的成了教授，大家分别十年再见的喜悦与得意洋溢着整个空间。

我依然想着欣然，那个美丽的女孩，全班年龄最小的同学。

我终于有了一个这样的机会，到她所在的那个小镇去。

同去的朋友告诉我，车子已驶进那个小镇的境内了。我放目窗外，路两旁尽是穿天白杨，一望无际，道路就像一条深不见底的胡同。而天空亦是在城中多年所不见的那种湛蓝，路两旁的沟内是满满的、静静的、碧绿见底的水。这是森林吗？在鲁西南，没有听说过哪里有人造森林呀！司机告诉我，只有这一片，原是低洼的湖区，后来改造土壤植树造林，形成了这片十几万亩的人造林区，我顿感神清气爽。不觉间，车子已下了较宽些的乡间沙石路，进入只能过一辆车的林荫路。上面已看不到天空，路上长满了青草，到处是鸟的鸣声。

到了！在林区的纵深处，出现了一排红砖瓦舍，一群孩子正席地而坐，听一位女教师朗读课文。

这无疑就是欣然了，我心中自言自语。四目相对，我惊诧不已，欣然似乎一成未变！

欣然那种出乎意料的惊喜溢于言表。在那排瓦房一侧，她那宽敞的家里，我们每人喝了一杯清香不绝的槐花茶。不巧，她的丈夫出去了，没能见到。我在她的书房里停留了很久，满满的足有五千册藏书，而每一部书上，都留有她读过的痕迹。我看了她的手稿，那是一部四卷本的小说，叫《宁静而美丽的地方》。

她告诉我，书稿已寄给北京的一家出版社，来信说已列入出版计划。

我问起聚会的事，她再三地道歉，说实在离不开这几十个孩子。

城市的热闹与喧嚣已改变了我们所有的人，而欣然还是一如既往地生活在我们当初的美丽憧憬里。

告别欣然，回到我生活的城市，我看着这个都市中忙忙碌碌的人们，心中流过阵阵失意与苦涩。

人间有很多宁静而美丽的地方，被我们轻易抛弃了。

人生有很多值得追求的东西，也被我们轻易地舍弃了。

生命的甘泉

在人世间生活了这么多年，记不清有多少次接受过别人的帮助。那些帮助过我的人，在我心灵的深处高高地耸立着，像生命的灯塔，照亮着人生的家园。而有些帮助，甚至彻底改变了我的人生观念，成为生命进程的汩汩甘泉……

记得那是一个夏天，一个骄阳似火的日子，我临时接受了去鲁西南某县采访的任务。那个县出了个爆炸性新闻，这条新闻线索是当地一个通讯员十万火急地用电话传给报社总编的。总编当即命我立刻起程，力争首家发出这条必定引起轰动的新闻。我没有来得及准备行囊，拿起平时用的一个公文包就去长途汽车站，立马买票上车，匆匆踏上了征程。

公共汽车驶出了乱哄哄的市区，驶上水泥公路，热浪般的空气顿时从窗外扑来。我顿然察觉，这样炽热的天，这样的温度，却忘记了带水。平时都是带上一只茶杯，装凉开水，再带些矿泉水的。而这次走得匆忙，都忘记了。这样的车我常坐，一般中途不停，即使停几次也不允许下车，就又匆匆出发了。我的心里似乎也开始感到有点干渴了。

车继续在旷野中的水泥路上行驶，车速不快，车内的每一位乘客都早已热得大汗淋漓。

这时我发现隔过道坐着的是一位少妇和一个八九岁的小女孩。孩子热得出了一头汗，脸被汗水洇得粉红。那妇人与孩子各自拿着一瓶矿泉水喝着。我越发感到口渴，心中干得一阵阵紧缩，嘴唇开始裂了。

车驶进了光秃秃的山区，水泥路更加宽阔，阳光也越发娇艳灿烂，空气似乎就要炸开了。我感到心中已没有半点水分的滋润，就像有一堆干柴或一堆黄沙。而对面的母女俩各自拿着那清冽甜美的矿泉水，美美地饮着。

我咂咂嘴，强忍着烈火般的干渴，抬头遥望远处。

突然，那个小女孩跑到我面前来，问我："叔叔你为什么不喝矿泉水？你不渴吗？"小女孩极认真，极严肃，同时带着不解的神情。

看着那位也向我这边看着的少妇，面对女孩的问话，我停顿片刻答："叔叔不渴。"答这话的时候，我觉得我的嗓子几乎裂开了，脑子里也混乱得没有一丝清醒。

"不，叔叔，你说谎，我看见你咂嘴了，不渴咂嘴干吗?"小女孩睁着一对美丽的大眼睛，穷追不舍地问我。

我无话可说了。

"妈妈说，撒谎不是好孩子，叔叔你撒谎。"

女孩没等我说话就先说了。我却尴尬地苦笑。少妇微嗔起女儿来:"不许胡说。"

"就是嘛，叔叔渴了，没有水，假说不渴。"小女孩聪明地一语道破。

女孩跑到原来的位置上，从自己的旅行包里拿出一瓶矿泉水走过来，迅速地递到我的面前，说:"叔叔，快喝，会渴死的。"小女孩没有半点虚情假意，一双聪慧的眼睛看着我。这一连串的动作，小女孩用了不过几秒钟。

我真想拿过矿泉水就痛快地喝下去。可是，在这样的旅途上，前面还有很远的路。况且，她们恐怕也没有了。我转头去看那少妇。那少妇的面颊微红，双目里洋溢着对女儿的肯定与欣赏。

良久，我接过了那瓶矿泉水，一口气喝尽，握着小女孩的手说:"谢谢你，小天使。"

"这才是好孩子!"小女孩对我说。

一瓶矿泉水像清洌的溪水汩汩流进我干渴的心田。我的干燥的血管瞬间变得滋润，眼睛也明亮起来，窗外是满野的绿。

　　整个旅程，我都沉浸在品咂那瓶甘泉般的矿泉水的兴奋之中。来自那颗童稚之心的爱强烈地感染着我，而那份清纯之爱，不仅仅浇铸了我的那一次旅程，而且灌溉了我的生命，成为我生命之旅的不竭甘泉。

她寄来一朵白云

　　我收到了一封寄自鲁西南山区的短信。写信人是一位我并不认识的农村姑娘，她落款的名字叫云霞。她在信中说："我家门外是一座山，我常常沿着崎岖的小路爬上山顶，山顶到处是飘浮的白云。今天我站在山顶望蓝天上悠然的云彩，想象着你身居都市的喧嚣与烦躁，就顺手摘下了那朵最洁最白的云，希望它给你带去轻松和愉快。"

　　信很短，一张纸被精巧地叠成了鸽子。读着信，我真切地感受到也看到了一缕缕白云从白色的鸽翅下飞泻而出，在我的周身飘舞。而后那散发着野花幽香的云彩溢满了房间，瞬间我仿佛真的处在了云彩之中，变成了一朵悠闲的云。

　　这已经是第三次收到她的信了。前两封信她曾告诉我她从未上过学，靠自学识了字，读了书。她发现书中的山河都不如她家乡的山河美，她要站在家乡的山顶，将家乡山河的壮美写给外面的人们。

她寄给我很多她的文稿。那些文字像她寄来的白云，美丽而清纯。

她在我所在的报社副刊上发了一篇散文《家乡的山，家乡的云》。她说，我寄给她的样报传遍了全村。

虽然我没有见过那位叫云霞的姑娘，但我却想象得出她站在山顶采鲜花、摘白云的情景。

她寄给我的那只鸽子连同飘逸的白云，我就放在自己的案头。我时时都在感受白云的缭绕与美丽嘹亮的鸽哨。

人生一世，应该活个明白，活个层次，这位寄白云的姑娘该是何等层次的人生！

我认识一位学财经的女大学生，她为了摆脱心灵的空虚几次找我谈心。她说，我写的那些人生体验散文，只可体悟，却做不来。她穿得极入时，谈吐也不俗。但是，她却找不到自己的人生出路。

我想我不用跟她谈什么了，只要拿给她看云霞姑娘的信。

心灵的丰实来自人生的品味。云霞姑娘的品味犹如她家乡山顶飘浮的白云。而那位财经专业的女大学生只把目光放在了狭窄拥挤的路上，又在哪里能寻找到人生的品味呢？

放在我案头的那只鸽子，在我案头萦绕的那朵白云，胜我十年面壁。人生如烟，又有什么胜得过时刻与白云相对而坐？

生 活

　　那是一个酷暑的夏日，我从省城赶回故乡看望年迈的母亲。没有电，也没有风，四合院里闷热难耐。我扶着母亲到村口的路边乘凉。我给母亲扇着扇子，讲着外面的故事，母亲沉浸在母子相见的天伦之乐中。

　　这时一个十二三岁的孩子从田野走来。他背着一大筐青草，手里还牵着一只山羊。"这是谁家的孩子？怎么还割草？怎么没有去上学？"我一连串地问母亲。

　　"你还记得你二明哥吧？和你哥一块去当兵的那个，回来两年就得病死了，媳妇改了嫁，就剩这一个孩子跟着他大爷。"

　　原来是一个孤儿。离开故乡十多年，对故乡的许多事我都陌生了，但我向来以为乡人们都早已过上了宽裕的日子。而这个孤儿，在其他孩子都去读书的时候，却去放羊割草，我想他的大爷是有责任的。

　　把母亲扶回家，我即尾随着那孩子走到了他的家里。他还住在他父母曾住的院子里，只有他一个人。这个院子我曾经很熟悉，那时我还生活在故乡。二明哥是个爱读书的人，经常买些小说和画书，我便常约了伙伴去，看画书，听他讲故事。后来二明哥去当了兵，这个院子就冷落了。再后来二明哥复员结婚，这个院子又热闹过一两年。但不久我即考学走出了故乡。我以为二明哥和他的家人一直是美满地生活着，却没有想到二明哥早已去世，他的孩子成了孤儿，这个昔日热闹的院子竟是这样冷落了！

这是三间普通的土房子。这种房子十年前全村家家都是一样的，但现在大家早已都拆掉建了砖房，这恐怕是全村唯一的土房了。房子经过十几年的风风雨雨，斑斑驳驳，几欲倒塌的样子。但院子里还是被打扫得干干净净。靠南面堆了一垛干草，有一个羊圈栏，还有一个兔窝。羊圈栏里有两只山羊，兔窝里有五只长毛兔，这些动物为这所院子增添了许多生命的温暖。

孩子叫志伟，一个响亮的名字。房间里没有什么东西，只有一张床和一张桌子。但桌子上、床上都堆满了书和画册。这些书有二明哥的，也有现在的，其中还有几本小说、散文选。

"这些书，是你买的？"

"不是，是学校里的老师借给我的。"

"你割草不影响上学吗？"

"我不上学。"

这孩子告诉我，他只上到三年级。母亲改嫁后没有钱交学费，大爷家学生多没有钱，就不上了。

"但是，"他说，"我写作文，你看，老师都说我写得好，学校里的学生都来抄写。"

这是一本用灰色的包装纸订成的本子，有一厘米厚，里面密密麻麻地用圆珠笔写满了字。

我一页一页地翻下去，越翻越慢，渐渐地，我的眼睛模糊了。《雨后的草地》《小山羊》《我的小白兔》，篇篇文章都浸润着浓厚的生活气息和对自然、对生命的热爱。到最后，我数了数，有四十多篇。

我想带走这本小册子，我相信省城里的编辑和作家们会为这样一个孩子的作文感动。可是小志伟却不让带。他说带走了伙伴们就没有办法抄写了，他们就不来玩了，后来他又说他可以抄一遍，我答应复印后再给他带来。我们因而达成了协议。

回到家里我对母亲说，我给孩子些钱，让他去学校读书。母亲说去年乡里就给他钱，但他大爷家劳力少、学生多，不让他上学，让他帮着干农活。

志伟的那些作文我已陆续整理出几篇准备推荐给几家报刊发表。这是稚拙而真诚的文字。临告别的时候，我对志伟说要坚持读书，坚持写作文，志伟说白天干活晚上就看书写作文，写白天做的事，天天都写，已经习惯了。小志伟失去了学校的课堂，但生活的课堂教给了他学校的课堂所没有的东西，而这些东西，很真诚，很珍贵。

永远的灯光

　　还没有意识到岁月的匆匆，三十岁的年纪已悄然刻上思索的额头。回顾苍茫的三十年人生之旅，虽然有坎坷，有平淡，有惬意，也有无奈，却没有一刻的迷惘与彷徨。因为在我的生命深处，有一盏永远不会熄灭的灯光。

　　童年的时候，灯光里是母亲和姐姐的影子。父亲忙村里的事情，总是很晚才回来。那一盏煤油灯下，总是母亲和姐姐的身影。吃过晚饭，我就躺在被窝里看母亲做针线活，看姐姐学绣鞋、绣枕头。那是一盏用旧药瓶做的煤油灯：一片小铁皮，一个小铁皮卷，中间卷一缕棉线做灯芯。真是灯光如豆，那灯的火焰也就有一粒黄豆那样大。姐姐常因把头过近地凑近灯火而烧了前额上的头发。姐姐闹着要父亲再做一个，父亲对姐姐说："一家不点二灯呢，不懂事。"当时我问父亲："为什么一家不点二灯呢？"父亲说："多浪费油，我们穷，要节俭过日子。"我告诉姐姐："等我长大了挣很多的钱，让你独自点一盏灯。"姐姐很高兴地点头，就依然与母亲合用那一盏灯。为姐姐挣钱点灯的理想，便埋在了我幼小的心灵里。每天晚上，我躺在那里看母亲和姐姐长长的影子，想着自己长大的模样，从未见过灯光熄灭的时候。

后来，十几岁的时候，那盏灯下多了我的影子。原来母亲和姐姐两人用的时候，用一根长铁丝把灯吊在梁头上，母亲说高灯下亮。可是我在下面的小板凳上做功课，却怎么也看不清楚。母亲就把灯放在靠床的桌子上，放一块砖当灯座，我趴在桌旁，母亲坐在床上，姐姐坐在床沿桌角旁。我一人占用了最好的位置和最好的灯光，母亲和姐姐离灯远了，看得更加吃力。做着功课，我心里很不是滋味。本来就看不清楚的母亲和姐姐因为我的加入，光线更加模糊了，而我何时才能挣来钱让家里再多一盏灯呢？

日子飞快地流逝，转眼间我升入了高中。学校有电灯，但每晚到九点就熄灯。那个强烈的欲望在我心中燃烧，虽然学校规定十点必须休息，但总不愿睡。我从家里把那盏用了十几年的油灯拿到了学校，白天放在书桌的桌洞里，晚上熄灯后待同学们都休息了，自己就从窗子里爬进教室，点上那盏煤油灯温习功课，每天都到深夜。到了高三的时候，有些同学也开夜车，买一支蜡烛用。蜡烛明亮、无烟、干净，但我却没有用过。一支蜡烛一角钱，而一角钱的煤油可以用一个星期，虽然灯光暗了些，但比起母亲和姐姐，自己一人用一盏灯就已经非常奢侈了。那盏灯在我高中三年间换了无数次灯芯，但那个灯头和瓶子却一直没有坏，直到它照耀着我走进都市，跨进大学的校门，我又把它拿回家交给了母亲。

如今，家乡用上电灯了，姐姐也住到了家乡的县城里，不必再时时提防灯头烧了额发，也无须我提供买油钱了。但那盏灯，却一直在我老家的旧房里保存着，在我的内心深处点燃着，成为我人生之旅的灯塔。

都市·荒原

很早以前，我看过一句拉丁谚语："一座大城市就是一片大荒原。"当时我还在一所农村中学里读书，正处在憧憬繁华城市的向往中，因而对于这句话百思不解。繁华的都市怎么能够与荒原相比呢？

可是今天，当我从农村走进一个小县城里生活了七年，又从那座弹丸小城走进大城市生活了几年以后，再回味那句谚语，却从内心真正理解这句话的意思了。

我生于鲁西南农村，在那片丰饶的黄土地上滚爬了十几年，因而少年时代的生活趣事犹如在昨天。对于农村孩子来说，似乎不存在家庭范围这个概念。全村中谁家大门朝哪开，家里几间屋、几口人，甚至亲戚在哪个村子都了如指掌。谁家有了红白事，全村人主动放下自己的事，无偿出力帮工。遇有歹徒恶人，不论谁家遭难，没有人袖手旁观，大家都会立即出动，争先恐后。特别是孩子，在谁家玩得尽兴，到了吃饭的时间也就不走了，总会有好东西下肚。在我的印象中，村人之间互相扶助，相濡以沫地生活着，大家来来往往，谁家也没有秘密，整个村子就像一幅明快静穆的山水画卷。

后来，大学毕业的我被分配到了家乡那座小县城。县城不大，几千户，万余人，工作时间长了，大家彼此也都认识，天天打交道，而且大家或是同学，或是同乡、同事，总能有千丝万缕的原因把大家联系起来。虽然，在县城里串门也是经常的事，但从感觉上却不同于农村了。我极少出门，串门本是为了友情，却带来一大堆烦恼，何苦呢？

大城市就更不同了。方圆百里，数百万人，车水马龙，其繁华与热闹是真的，但与自己似无多大干系。在这里工作了几年，想想去过几户人家，竟屈指可数。而认识的人中，除去几位同学、老乡之外微乎其微。况且同学、老乡中有些人家也一直未去过。一是大家都忙，不是出差就是有事，故难联系。再是相距太远，动辄几十里，令人着实生畏。单位的同事之间有的住得较近，但串门较少。而即便是同楼、同层，也大多不认识。与我同住一层的两户，至今我仍不知人家姓甚名谁。在一块住了几年，相距不过一米之间，竟无尺寸之交，真正是鸡犬之声相闻，老死不相往来了。

有时实在百无聊赖，就坐在自家的阳台上望遥远的星空。

但星星却也比老家的少，月亮也不似老家的明亮，老家那清晰美丽的天河在这里却是一片朦胧的昏暗。而近在咫尺的高楼上闪烁着的灯光，又像一双双眼睛似的，心里极惧，又只好憋回到室中去了。

在乡村，看来是偏远荒凉的，但那里的人们却生活在暖暖平静的温情中。

缺少人情的世界，与荒凉的原野有什么区别呢？

遥远的书箱

  如今，无论是城市还是乡村的孩子，拥有一架自己的书柜都是很普通的事了。然而在我年少的时候却不同，全村像我有一只木箱子，放自己的用书，似乎没有第二个。而且那只木箱子还不是很小的那种，它有一米长、半米宽、三十厘米高，又是涂了红漆的，还有黄色的美丽的花纹！

  我能在当时家境并不宽裕的时候拥有一只属于自己的书箱，其实是姐姐的功劳。那只箱子原本是归姐姐使用的。女孩子到了十三四岁，便有许多属于自己的东西要放，头绳、胭脂、衣服等。可是姐姐却没有要，她在母亲已决定将那只箱子给她使用的时候主动提出让给我。她说，弟弟有很多书，没有箱子就乱了。

  这是我们家唯一的一只箱子，在我们老家一带被称作板箱，是用很薄的木板子钉成的，是母亲当年的陪嫁品。母亲用了它几十年，放一些单衣之类的东西，从我记事时它就已经裂了几道很宽的缝隙，红漆也脱落得斑斑驳驳。父亲在每年的春天都买点红漆漆一遍，但也挡不住虫蚀，不久就会有些碎屑开始往下掉落。姐姐就收集了许多的烟盒，很有规律地贴在里面，所以掀开后，里面倒是整齐干净，也很结实。

姐姐没有上过学，连我的那些小画册也看不懂，却给我买了不少书。从我四五岁时，她就开始买，镇书店里只要有了新的画册和儿童读物，她都不会漏下。到了我上三年级时，我的画册和其他的读物数量已达百余本，这在方圆几个村子的所有小伙伴中，是独一无二的。因而，我家自然就成了伙伴们聚集的地方，年龄大些的，小几岁的，几个、十几个，有时多得屋子里坐不下。没有一个固定的东西放那些画书，有时候就会发生丢失的事。姐姐每天都要替我整理，发现书少了，就到处去找。也有的掉在地上，潮湿了，很快就开始霉变。姐姐说，该做一个木箱子，放这些画书，从哪里拿再放到哪里，编上号码，就不会丢了，可是家里除了母亲的那只箱子外再没有别的，母亲又在箱子里放着许多东西。我们也认为要那只箱子太过奢侈，即使要，母亲也不会答应的。母亲向来就不赞成我看那些画书，说是闲书，看了影响功课。我的那些画书就依然零乱地放在我的小床头边。

后来，母亲决定把那只箱子给姐姐用，这是我和姐姐没有想到的。姐姐迫不及待地答应下来，就立即开始了对箱子的再加工。她求父亲新涂了红漆，用新烟盒重新糊了内里，就又是一只新箱子了。于是，我拥有了一只属于自己的书箱。从那以后，无论是课本还是用过的作业本、画册、课外书，我都放在里面，再也没有丢失过。

十几年过去了，那只箱子依然完好地放在乡下，与父母做伴。每次回故乡，我都会打开它，仔细地欣赏里面的每一件东西，每一次都会有遥远而美丽的记忆从心底泛起。

奶　奶

奶奶离世十二年了。

奶奶咽气的那一天，我与弟弟同时接到大学录取通知书。奶奶最终也没有明白"大专"的内涵，带着永远不解的迷惑，撒手西去。

我父亲兄弟二人，父亲居长。我是家中老小，叔叔家有两个弟弟，大弟和我年龄相仿，小弟当时还小。因而，我们虽然叔伯兄弟四个，但我与大弟成为奶奶的心尖子。

1979 年夏，我与弟弟初中毕业。当时高考刚刚恢复不久，对于大学、大专、中专的定义还很模糊，只是知道初中毕业考中专，上了高中考大专。临毕业时一家人商议我们是考中专还是继续求学考大专。奶奶问："是大专好还是中专好？""叔叔说大专好，大专在大城市上。"奶奶说："大专好还争啥，就考大专。"奶奶说话了，大家也就不再争论。爷爷死得早，奶奶主持家事多年，父亲与叔叔都听奶奶的，这是多年的规矩。我们兄弟也就按奶奶的意思，全力考离家最近的嘉祥县二中。

一个月后，我和弟弟都接到了二中的录取通知书。奶奶异常高兴，特意吩咐做了好吃的给我们壮行，千叮万嘱我们要考了大专拿来给她看。当时叔叔和姐姐笑奶奶，大专是学校，不能拿来。奶奶问："大专怎么会是学校呢？"叔叔解释不清了。我与弟弟就笑着说："我们考了就拿给您看。"奶奶欣慰地笑了。

奶奶得了几种疾病，常常卧床不起。但是，只要到了星期天，奶奶是一定要起床的，而且往往一扫几天的病容，满脸生气，眼睛极有光辉。她就坐在床前，等我们归来。那种情不自禁地溢在脸上和眼睛里的渴盼与期望，我永远也忘不了。

奶奶的身影，成为我与弟弟学习的强大动力。我们两个本来都爱好文学，十几年共同做着美丽的作家梦，但为了升学更有把握，我们决定，我学文科，弟弟学理科，使成功的面更宽一些。

三年以后的 1982 年，我与弟弟进入临战状态，极少回家，负责给我们送干粮的姐姐说，奶奶已经不能起床了，天天念叨着我们两个考大专。我与弟弟星夜回村，奶奶尚能说话，问我们是否考大专了，要我们考了拿回来给她看。奶奶躺在床上，精神很差，身体也瘦弱了。我们含泪向奶奶保证，一定考上拿来给她看。

最后冲刺的三天结束了，我们回到奶奶身边。奶奶的身体每况愈下，进食已非常困难，但她念念不忘的是她孙子的大专。她吃力地问我们，考完了咋还没有拿来，我们说要等二十天。奶奶就平静下来，很安详地入睡了。

奶奶最后的二十天，我与弟弟一直守着。奶奶每天都要问大专拿来了没有，后来奶奶住到医院里，神智不大清楚，但一俟清醒过来，第一件事就是问我们大专的事。我们知道，这是她难以瞑目的最大心事了。

二十天以后的上午，奶奶过早地醒来。她已不能说话，却目不转睛地盯着我们两个。而我们的心，此刻也早已提到了喉咙眼上，叔叔去学校了，我们也忐忑不安地等待着那个决定命运的时刻。

上午十时，叔叔骑着自行车一进医院就大声呼喊着我与弟弟的名字。我们全家走出病房，我看到叔叔手里拿着两个大大的牛皮纸信封。我们全家的眼泪夺眶而出，我考上了一所文科院校，而弟弟被一所医学院录取，叔叔拿着两个信封放到奶奶的病床前，告诉了奶奶。

奶奶枯瘦如柴的手，攥着信封角，望着我们，微笑着，慢慢地合上了眼睛。

人之初

　　人生漫漫，有些事情经历过了，就随着岁月的流逝而变得模糊了；但有的不仅没有淡去，反而越来越清晰，越来越醒目，如刀刻斧凿镂在心灵的壁上，时刻警醒着你，提示着你，成为人生的鸣镝。

　　年少的时候，我家家境十分贫寒，母亲常年多病，又没钱治疗。父亲每年都去闯关东挣钱贴补家用，家里的事就全靠了多病的母亲。

　　母亲身材并不高大，且因多病极其瘦弱，但每天依然要按时出工，同生产队里的男劳力一样去十里外的洼里干活挣工分，常常很晚才回来。母亲不论什么时候到家，都要拖着疲惫的身子做饭、烧猪食、洗衣服。有时实在支撑不住，就用一块湿毛巾缠在头上。看着母亲蜡黄的脸色和劳累的样子，我心里十分难过，幼小的心灵受到极大的震颤，什么时候自己才能挣钱给娘治病、不用娘去劳作呢？

我与邻居家小三是好朋友，小三的哥哥养了一对长毛兔，每两个月就可以卖一次兔毛。小三告诉我，一次他能卖三四块钱。我想，我要是养一对，不是也可以挣钱了吗？小兔又不吃粮食，只要我给它们割草就行了。我和姐姐将过年时父亲给的八角压岁钱全部拿出来交给了小三的哥哥，请他代买。第二天兔子就买来了，只花了五角钱。我就在北屋墙下仿照小三家的样子盖了一个兔窝，开始养兔子了。每天傍晚放学后，放下书包背个柳条筐到村外割小白兔爱吃的水稗草。母亲看我养兔很高兴，但总担心被我养死，常常提醒我掏兔粪、铺干土。其实我早就从小三哥那里学了好多养兔知识，母亲说的这些我早已都做了。小白兔长得很快，三个月就已三斤多重，可以剪毛了。我和姐姐把小兔带到小三家，请小三哥帮助剪毛。我和姐姐都不敢，总担心剪了兔皮。

没有想到那一天会成为我此生永不会忘记的日子。我把兔毛交给收购站那个大胡子的时候，不敢猜测他能给多少钱。我看着他把兔毛翻来覆去地检查、过秤、打算盘。一会儿，他说："五块八。"说着，他把一张很新的五元币和几张碎币递给了我。我没有来得及数钱数的对错，接过钱一溜烟儿往家跑。跑到村口，我忽然停下了，心想，母亲身体不好，把钱全交给她，她又存起来不买吃的，怎么办？应该买点好吃的，让母亲补身子。我又返身向镇上跑去，花一块五毛钱买了一个很大的羊架！

那一夜，母亲、姐姐和我都没有睡好。

我还清晰地记得，母亲熬着羊汤，泪水不断地流下来。我知道那是母亲从未有过的喜悦之泪。

那一年，我十一岁。

平凡的人生

好友王君是我的大学同窗，毕业后在省城某商业部门的财务处任了个不大不小的职务，还评上了个财会中级职称。开始我觉得很滑稽，也很为老同学惋惜，我们本是中文系毕业，专业与财务风马牛不相及，岂不等于荒废了学业。我时常到他那里去坐，想说服他尽快"悬崖勒马"，弃商从文。回想当年，在学校里，我们同一宿舍，争相读书、写作，共同立志在文坛上有所作为，没想到毕业后他做了这样的选择。

可是，他的几句话改变了我对他的认识。

他告诉我，刚刚被分配到这个职位上时确实有过一段学非所用的烦恼，觉得文学梦破灭了，当时只是硬着头皮干，可是干起来却不同了。他发现财务同样有着令人着迷的部分，干好它还真的不容易。他就开始学习财务的业务知识，竟产生了浓厚的兴趣。后来，他对财务的偏爱可以说超过文学了。

他给我拿来两本书，是他积几年之力写的财务和饮食方面的专著。他发自内心的高兴感染着我，也启示着我去思考很多东西。他乐呵呵的，充满惬意与自信。

人是应该这样的。我们只有一个短暂的人生，为什么要别人来教自己如何去做，教自己怎样对待人生？为什么非要按固定的设计走完全程？只要你确定了人生的宏远之图，不要在意哪种方式、何种手段，站稳了，踏步前行，就一定会殊途同归。人生的路很多，但只有脚下的土地是真切而实在的。双脚踩在了坚硬的地上，就向前走，这便是人生的真谛了。假若一直站在原地想入非非，空看他人迅然飞过，待猛醒之后悔之已晚。我愧然面对王君，他已把握了人生中最重要的部分！

王君给了我一个巨大的人生启示。有一个热爱文学立志当作家的中学生来找我求教，我告诉他：回去学好学校规定的课程，大学毕业后再来。

努力去做不同凡响的人是可敬的，但这个世界注定了杰出是困难的。卓绝人才只有在平凡中才能脱颖而出，只有自视平凡，在平凡的世界里实实在在地走路，才有可能成为杰出人物。珍爱自己平凡的人生吧，这个世界首先是平凡人的世界！

我们很远，又很近

在一个微雨的天气，我扶着母亲登上从济宁返回济南的列车。

天气并没有因下着淅淅沥沥的小雨而减少它的闷热，车厢里到处散发着汗臭的气味。我选择一个靠窗的位置让母亲坐下，我坐在母亲身边。对面坐着一位戴眼镜的青年女子，还有两位农民工模样的中年人。接着，在我的外面又坐了一位青年人，戴着眼镜，像个学生。

火车启动了，有风夹着雨滴吹进来，车厢里顿时凉爽起来。

母亲极少外出，与这么几位陌生人这样近地坐在一起，我看得出她十分尴尬与不适。她瞅瞅这个，又瞅瞅那个，终于憋不住了，问对面的女子："闺女多大了，到哪儿去？"一个老太太总不会让人产生敌意的。那女子嫣然一笑："大娘，去济南。"母亲看了看我，说："咱一路，这闺女说话多甜。"

一时，我们这个窗口的气氛活跃起来。我邻近的青年先与那女子攀谈，先自报家门，他是省内一家科研单位的。那女子又说起一个人，结果两人都认识，立时气氛更融洽了，互相介绍起自己的单位。女子是省城一家学院的，兰州大学毕业，是回老家金乡县探亲的。母亲很自豪地向人推荐起做记者的儿子，立时引来了两位农民工的话题。他们说起农村的收成、农民生活的不易和外出打工的艰难。我们的窗口成了一个舆论自由的小沙龙。对面窗口的四个人都全神贯注地把头伸向我们这个方向，两边的乘客甚至列车的服务员走到这里也停下来不走了。后来，整个车厢都被我们感染了，大家发自内心地谈论着，谈着自己单位的人与事，谈自己家乡的风土民情，谈天气，谈收成，甚至谈论国际局势。先前只有我们一个窗口说笑的时候，大家都在听我们的。现在，我细心地听着各个窗口的议论，品味着整个车厢的和乐气氛，愉快地笑了。

这种氛围一直持续到济南。下车的时候，母亲还恋恋不舍地与同窗口的人告别，邀请人家到家中做客。

这是一次极特殊的旅行。我曾无数次坐这样的火车去各地，但总是一言不发地看着自己的书或独自眺望窗外的风景，极少与人谈论，更没有过一次这样和乐的氛围。

人和人很近，又很远，我们每个人都渴望了解，渴望沟通，厌恶孤独。在一个陌生的环境中，一句话便使大家消除了隔膜，开始沟通，有了一次愉悦的交谈。而我们天天生活的环境同样是这样，也许只要一句话就够了。

书市漫步

　　济南的书摊究竟有多少，不得而知。但是书摊很多，这是事实。而书摊最集中的地方，大概要算英雄山下了。

　　英雄山下的书摊原来都在山下的一片树林里，有几十个，而且每一个的规模都比济南其他地方的大些。后来不知因为什么，这些书摊不见了，那一片树林就空空荡荡起来。又过了一段时间，这些书摊又悄悄地聚齐了，不在山下的树林，而是在山坡上的怪石小路中间。这些书摊错错落落分布在丛林怪石之间，倒为书平添了许多自然景韵，反比在山下集中在平坦的地面上多了些意味。

　　济南其他地方的书摊我看得不多。这有几个理由。首先，济南这么大，必须坐公共汽车才能到达一些目的地，而坐车就错过了看路边书摊的机会。其次，其他地方的书摊往往是些通俗的大众读物，比如车站与商业区的书摊，多是些经商之术、证券指南之类的小册子，没有什么可以让我留恋的。再是，那些书摊多是些临时性的，规模也小，地方总不固定，今天在这里，明天又到了其他地方。

英雄山下的书摊就截然不同了。它品种全，有通俗的，也有高雅的，有新出版的，也有以往的旧书。而且大部分书摊，兼有诸如书画、古董等品类，让你在浏览书的同时，也领略了古色古香的历史文化。书摊又往往各具特色，以新书为主的，以旧书为主的，以书画为主的，你可以在自己喜欢的摊前尽情选择。而更重要的是，你只要保持一双探索的眼睛，往往会在其间发现一些稀世的珍品。而那些珍品，又往往混在一些一般的东西中间。

我的工作单位就在英雄山下，离那些书摊不过几百步路，不需骑车，徒步闲行就能到达书摊中间。即便不买书，在看书摊的同时，品味奇崛的怪石，欣赏亭亭的小树，也是一种享受。新书价格较高，而旧书大多还是先前的价格，一本极好的厚书不过一块多钱就可以买到，着实解决了不少人囊中羞涩却又有购书癖的痼疾。不久前我曾在那里购得一套线装的《康熙字典》，用了两元钱，不要说在书店难以买到，即便买到也要付一笔相当的资金，况其收藏价值岂是金钱可以衡量的。

逛英雄山书摊成了我生活的一部分，英雄山书摊无疑也是济南书摊的代表。我想，它之所以一直存在，在于它在人们的心中占有一个位置。

纯情如水

分别了十年，其间再也没有见到过她。十年间，我东奔西走，不仅换了几次工作，而且换了三个城市，对于那时的一切，都在岁月的冲刷中渐渐淡忘了。

毕业十周年聚会，其中一个项目是到当年的教室、图书馆、阅览室重温那时的激情。阅览室早已不是那栋红楼上窄窄的六间房子了，如今搬到了新建的图书馆大楼上，整整一层，近千个平方，宽敞、明亮、气派。我们一百多个同学鱼贯而入，浏览着报刊、字画，从中寻觅着旧时的风景。阅览室原来只有两个管理员，都是年轻的姑娘。而现在却有十几个人，很规范地站在高大的书架前，目视着我们这一群新面孔。

突然，书架前站着一位三十多岁的女士，叫我的名字。我蓦然回首，似曾相识，却又不认识。我一时愣住了。

"你忘了？我是刘云。"

"刘云?"我极力在自己的记忆中搜索着这个已全然陌生的名字。终于,我记起来了,她是当年阅览室里两个管理员中的一个。当年她可不是这样胖,我记得她扎着两个长辫子,还是个娃娃脸。这次我真的大吃一惊。十年了,从这个阅览室里,从她的大脑中进进出出几万人,她居然还记着我的名字!

十年光阴,她的变化不小,我的变化也很大。我从一个稚气的十八九岁的青年学子,变成了棱角分明、沉着、淡漠的青年人。

我努力回忆着当年的情景。记得她总是微笑着,瘦瘦的,高高的。我每天晚上都要到阅览室里来,总是坐在东南角靠近书架的位置,便于调换书刊。由于我看的书刊就那么固定的几种,她大概记住了这个特点,所以调换时总是毫不费力地、极快地换了,我便很感谢地点头。时间长了,我知道了她的名字叫刘云,而她早已从学生证上记住了我的名字。那段时间,我每读到好文章就推荐给她,而她每发现一本适合我看的新杂志总是给我留着。

学校生活很快就结束了,刘云这个名字连同那个瘦高的姑娘从我的记忆中淡然远逝了。

我想我的面部此刻一定红了起来。十年,自己早已把她忘到九霄云外,而她却一直珍藏着我的名字。

我慌忙说:"唉,真对不起,这些年,我的记性极差。"

"不对，是我经常读你的文章，我们还常常谈起您这个作家呢!"

我越发感到尴尬与不安。

我记不起是怎么与她告别，怎么走出阅览室，又怎么走出那座有许多美丽记忆的城市的。

在茫茫的人世间，在你所不知道的地方，有人牢牢地记着你的名字，牵挂着你，惦记着你，怀念着你，记着你的音容笑貌。尽管你与她天各一方，但她一如既往地在自己的内心深处为你留有一方天地，经常与你对话，聆听你轻轻诉说，还有什么比这份牵挂更珍贵的!

世事如烟，一切都可以随着时光的流逝而忘却，但那记着你名字的纯真的人，却必须铭刻在心灵深处。

友　情

同事张敏一进编辑部即气呼呼地让我们评个长短，她一肚子委屈。她的家庭同另一个家庭友好了十年，几乎到了不可分割的程度。每一个星期天，两家六口人必居同一室，娱乐消遣，大人孩子均视为同一家。可岂料突然间那个家庭的夫妻两人协议离婚了，而且张敏是在星期天去人家家里做客时发现其中一人不在才知道的。张敏不能理解，十年岁月，这对夫妻相濡以沫，从未看出不和。自己作为他们的朋友，居然一点不知。张敏很是伤感，什么友情，原来是假的。

快人快语的张敏对友情大加挞伐之后，在写字台前伤感得不能平静。这边我却也生出丝丝伤感来。

大学毕业九个春秋，与很多同学再也没有了谋面的机会。随着时间的流逝，大家都渐渐地淡忘了彼此，但我却一直忘不了一个人。他的个子是全系最矮的，而且容貌又极平常，学业上也不优秀，所以在系里他似乎一直生活在大家的背影里。当时我注意到这一点而伸出橄榄枝，结果，我发现他的身上有许多内在的优秀品质，不久我们成了无话不谈的好友。我还极力带他融入同学们之间。毕业后，他被分到了一个中学教书，我去了几封信却没有回音。但我一直从别人那里了解着他的消息。听说他结了婚，生了儿子。我暗暗为他祝福。

不久前有了一个机会，我接受到一个去他所在县采访的任务。我特意带上妻子，说要去看同学，而且夸口说他见到我会泪流满面的。因为他一定也如我牵挂他一样时刻牵挂着我。

我和妻子几乎花了一个上午才找到那所山坳里的中学，后来我们见了面。我一眼就认出了他，上前握住他的手，又忙给妻子介绍。可是，他却很是木然，一副大惑不解的样子。

我说："你不认识我了吗?"他很客气地说"记得"，像从遥远的地方转回思路来。

整个采访过程我都十分沉重，心情一直处在一种难言的伤感之中。我想张敏与我的感受是一样的。友情是相互的，只有在相互中才显示出它的美丽与光华。

启蒙老师

这个日子我们已经约了许久。

一个是山东大学的研究生，一个是中校军官，一个是小有名气的青年作家。我们同生在一个村子，那是鲁西南最偏僻的一个村子。三人同龄，同一年上小学，同一个启蒙老师，同一年考大学，又都在省城，所以相聚变成了自然而然的事。每一次聚会，我们都不约而同地谈起启蒙老师，想起他当年的慈祥和严厉，与对我们的关爱和批评。有时候谈着谈着气氛就沉重起来，老师现在怎么样了？终于，我们约定了一个日子去探望。

那是一个晴朗的日子。

我们三人同时出现在那所我们生活了五年而如今房舍依然的小学。

接待我们的是一位三十多岁的年轻校长。他是个外地人，毕业于一所师范学校。他说，他从看到我们就知道了我们是谁，因为我们几个是这个村子的荣耀，是这个小学的光辉，我们听了顿觉惭愧。

我们说明来意，校长看起来很窘迫，他竟然不知道我们要找的这个老师。

我们很失落地走出校门，相视无语。

但我们记得那座小院子，那是村北最普通的农家小院。冬天炉子里有烧不尽的炉火，夏天院墙上爬满了常青藤，那所小院是我们的天堂，院中间那棵老槐树下的石板上坐着老师，外面一圈是我们。老师讲完一个故事，我们还不动，老师再讲下一个……

那棵老槐树还在吗？还有那块石板还在吗？我们不知不觉就朝那个依然熟悉的院子走过去。

门开了，那棵老槐树依然茂盛，只是显得更加衰老，小石板显得更加光滑了。开门的，是一位近五十岁的中年人。

瞬间的疑惑后，我们同时脱口而出："老师!"老师看着我们三个不速之客，少顷亦脱口而出我们每个人的名字。近二十年了，当年老师风华正茂，我们是八九岁的顽童。四双手紧紧地握在一起。

我们走进了那所留下了我们童年记忆的房子里。家具换了，房顶也换过。但首先映入眼帘的，是正面墙上挂着的一方镜框里，我们三人不久前在千佛山下的合影。可是，我们并未给老师寄过照片。老师说："这是我从你们家里要的，一看到你们的照片，心里就宽慰，我总觉教有所成啊！"

我们问老师为什么现在不教学了，老师说："因为没学历，已在新任校长到任前就被辞退了。"

我们相对无言，三个自认是个"人物"的大男人，无论怎样搜肠刮肚，都没想出一句能够安慰老师的话。最后，我们再次约定明年的今天，还来这里做客，我们是想表明：老师，在我们的心里，您永远不会失去老师的位置。

珍爱生命

在不久前的一个周末，我从济南乘长途汽车到泰山。泰山我去过多次，每当我在喧嚣的都市被沉重的生活压得难以忍受时，总是选择有盘山小路和淙淙的小溪的泰山，去那里寻找心灵的宁静。

坐在那辆半旧的汽车上，目视着匆匆奔驰的车辆，我的思维依然停留在城市繁乱的节奏里。突然，我听到有人叫我，是一个四十岁左右的农村人。他坐在一包行李上，穿着鲁西南人常穿的那种手工做的粗布白上衣和黑裤子。我仔细辨认，怎么也想不起来在哪里见过他。他站起来向我这边走来。

"你还认得我吗？我是连五。"他走到我身旁的一个空座上坐下来对我说。

我被这一句话惊呆了。连五！怎么会不记得呢？我的小学同位，我们班的班长，总是提前做完作业。

"你是高连五?"我反问。但没等他回答，我就已经从他粗糙的脸上发现了那个曾经活泼可爱的连五。"你这是到哪里去?只有你自己?十几年没有见过面了。"我一连串地问他。

"我们六个人一同去济阳修路，说是一天给十元钱，干了三个月，却只给了一百，不干了，回家去。"

"我听说你妻子有残疾，你出来了家里怎么办?"我知道连五的一些事，他的家里很穷，只上到中学二年级就辍学了。当时老师还让我到他家里去做工作，连五哭了，但他父母最终也没答应让他复学。中途辍学，家境也没有改观。

从济南到泰山，我们聊了一路。他说实在没有办法了，只靠那二亩地挣不了钱。与我交谈，连五很少抬头看我，总是佝偻着瘦弱的身子，偶尔抬头说话，表情却又是那么漠然和痛苦。

我在泰山下了车，连五继续跟车去济宁的老家。目送着连五，我没有了丝毫游山的兴致。连五是个很好学的人，当时是我们班学习最好的，不料命运竟这般残忍地对待他。刚刚三十岁，却像一个四五十岁的人。生活的重负在他的脸上过早地增添了沧桑的痕迹。没有这次邂逅，我还以为他是平静地在乡村生活着的。

对面来了一辆去济南的车，我即刻上了车。我决定立刻返回济南。"你现在多好，不用为生计发愁。"连五满含羡慕的话在我耳边震荡着。

是呵，比比连五，我该知足了。再往深处想想，身居都市不用为生计发愁的我们为何烦恼丛生？大概是由于过分奢求，还常常偏狭地责怪命运待自己不公，使本来幸福的人生凭空蒙上了人为的阴影。

珍爱生命吧，幸福的人们。

美丽的花朵

周末的晚上，我去一位朋友那里拜访，回来时恰巧经过一家鲜花店。

禁不住诱惑，妻子拉着我踏上了那铺着红色地毯的台阶。花店不大，鲜花放满了整个房间。地上全是盆栽，靠近四壁的地方筑起了几层台阶，很漂亮的小水桶里盛满了各种各样的水插鲜花。有的盛开着，有的含苞待放，整个花店芳香四溢、沁人心脾。

"买一束吧？"妻子已被这迷人的芬芳感染了。我从来没有养花的嗜好，不是忘了浇水就是忘了换土，朋友送的几盆花早已只剩了花盆。"就买一束水插花吧。"我对妻子说。水插花放在水里，怒放几天任随它去，也不必为它的枯死而伤感。

回到家里夜已深了。妻子很认真地刷了一只久已不用的凉水瓶，将花放进瓶里，盛满了清水。那是一束盛开着粉黄花瓣的剑兰，花朵晶莹而饱满。

次日醒来，我首先闻到的是透人心扉的清香。平时早晨醒来，闻到的总是满室令人厌恶的尘气，那种有些腥臭的气味，总是让我赶紧开窗换气。今天却不同，满室清香，满室芬芳，满室清冽的碧绿水气。那种每早起来恹恹的懒倦滋味也顿然消失，只觉得周身充满活力与精神，神清气爽。

妻子也起来了，大约也是花的芬芳的作用吧，她一改往日晚起的习惯，也如我一样坐在了那瓶鲜花前。

几天之后，那束花枯败了。我们又去那家花店买了两盆剑兰。养花，不是负担，而是生活的享受了。

一个偶然的举动，一件极小的事情，打开了我们生活的一个缺口。通过这个小小的缺口，我们感受到了一个全新的世界。

我们的生活中，其实有许多这样的缺口，只要找到了它，我们的生活会得到意想不到的改变。

读书旧事

在我的读书生活中，最难忘的是少年时读第一本书的旧事。这第一本书是《水浒传》。当时我刚上五年级，全国评《水浒传》。我老家在鲁西南的嘉祥县北部，距梁山、郓城只有十几公里，我就很想读一读。但没有钱买，在生产队里干会计的一个远房哥哥借了一本给我。

《水浒传》中的很多地名在我老家一带仍然保留着，这给了我亲切的感觉。这么多离奇的故事，就发生在眼前的这些村子之间，渐渐地，一种英雄主义的情愫在我的心中涌动起来。李逵背母，宋江题反诗，青面兽杨志，浪里白条张顺，阮氏三兄弟，我的心中立刻被这些故事塞满了。我迷恋上了《水浒传》，上课时偷偷地读，到田里割草放在背篓里，吃饭的时候就在饭桌上看，那些英雄人物一个个在我的脑海中闪现跳跃着。看过以后，我把这些故事讲给奶奶、父母和伙伴们听，奶奶骄傲地夸孙子有学问了，伙伴们天天追着我讲故事。

　　以后我又读了许多书，而少年时代读《水浒传》的情景，总是让我动情，鞭策着我珍惜每一部好书。

红　薯

如今，烤地瓜，用一个白色的烤桶即可以操作的职业，遍布大小城市，成为百姓挣钱的一个吃香的行业，也成为城市的一处民俗风景。

在都市的街头，问那面孔被木炭熏得漆黑、手无肉色的烤地瓜的摊贩生意如何，他们往往得意地说："买的可多了，总烤不上卖的。"每每走在街头，看着那些穿着时髦的美丽女孩津津有味地品尝地瓜的情景，我总会有许多苦涩与香甜的记忆从深远的心底涌出。

我的家乡鲁西南，是盛产红薯的地方。在我年少的时候，每个生产队要栽百多亩红薯。因为它产量高，生长期短，一个家庭一年能分到几千斤。家家都有储藏红薯的地窖。我家的地窖有三米多深，里面有一间屋大小。我们捉迷藏，常常钻到那里面去。有的人家地窖挖得很大，拐几道，像电影《地道战》

里面的地道，里面冬暖夏凉，红薯放一年也不会坏，而且存放得越久，越香甜好吃。

最麻烦的是晒薯干。红薯一旦分下来，第一件事就是全家出动晒薯干。用一种平板上钉个镰刀的工具，将红薯切成片状，晾晒在田里。因是夏末秋初的多雨季节，所以晒红薯的时间很重要，红薯晚晾晒一天就可能赶在雨里，全霉了。我们家当时有三个工具，我和姐姐把红薯运送到手持工具的父母和哥哥面前，而后再把切成的红薯片摆放均匀。往往要忙上三五天，才能全部完成。尽管很累，但如能抢在雨天之前，拉着地排车拣晒好的红薯干，那种喜悦是无法言说的。但赶在雨中，也是常有的事。只要赶上了雨天，遍野的薯干一天之后就变成灰黑的颜色，一年就只能吃霉变的窝窝头了。好的红薯干窝窝头，粘牙，却有甜味。而霉变的，则苦涩难咽，却无可奈何，唯一的主粮，是不能扔掉的。

后来，土地分到了户，红薯在我的家乡也成了稀少的东西。即便有人种它，也是为了销往城市。在农村，几乎见不到卖烤红薯的，我常常思考这种现象，是农村人不爱吃它了吗？不是，烤的红薯确实是香甜可口的。我认为，农村人如我一样，见到它内心深处总有一种苦涩的滋味。不论如何，看到红薯这个当年我吃着长大的东西，今天作为乡村野味成了城市人时髦的消费品，我心里总是会有许多记忆流涌出来，积淀成许多明亮、美丽的形象，雕刻在人生之壁上。

爱你无奈

　　你说你陷入了无可补救的失落泥沼。初恋时你认定他丰姿、伟岸、洒脱，性格刚毅而温和，资质智慧聪颖。不料当生米煮成熟饭木已成舟，你却发现他原有的那些优秀的部分不过是水上浮萍、镜中鲜花。他身躯伟岸却精神苍白，聪颖却诡计多端、不务正业，温文尔雅却鲜有大志。他在你心目中不过是极其平凡的一个单调庸俗的男人而已。于是你真的就信奉了那句早年恋爱时你感到不解、感到荒唐、感到耸人听闻的"婚姻是爱情的坟墓"。你努力打破这已没有什么存在意义的婚姻，而重新寻找爱的浪漫、爱的绚丽、爱的归宿。但你却痛苦地发现婚姻中的人都是同你一般地生活着，没有了爱的炽热、浪漫、快乐，大家都在平淡地生活而已。

　　你终于大彻大悟了。你发现人越成熟长大越发百无聊赖，你因而就极想走回自己年轻的时候，走向自己的初恋。可是年华已如东逝之水，更无奈的年华之水却又滔滔不绝地奔涌而来。

其实，在你没有给我写信前，我就已经从你沉郁的神情中发现了你的这个秘密。我不用再去你邀请的那间灰色的咖啡屋，那早已不是我们这个年龄的领地了。

咖啡没有放糖，我知道这是你近年来才养成的习惯，从我几年前去你的小巢做客，喝了那杯足以让我铭记终生的苦咖啡，那味道便刻在了我的记忆里。那年我在深夜回到家里，妻子吻着我苦涩的唇，发呆的眼睛怀疑我饮了毒药。其实你知道我喝咖啡一定要放糖的，精细的你绝对不会轻易忘掉这一点。你是暗示着什么的，我当即就明白了你的用意。

爱情不是苦咖啡，你错了。尽管你也如我一样过了三十岁，拥有了一段丰富的人生。但我还是要告诉你，爱情是一种感觉，是自己的独特的感觉。世界上没有什么事情是圆满的，任何事情都是在缺陷中才显示出些许的斑斓。

爱情是盲目的。因其盲目，人间才会演出悲剧、喜剧、杂剧，而显得丰富多彩，人生才有坎坷、惊奇、无奈、悲欢离合。我们在爱神的引导下享受了一番爱情就已足够了，奢侈的欲求永远是荒诞的。

爱是一种感觉，视点变了，感觉就迥然不同。其实你的他并非今天才苍白，才平庸的，这只是你今天的感觉。

在我看来，女人是浪漫的，因浪漫而设定着心灵的模式；而男人是现实的，因现实而注重真实。男人视女人的浪漫为人生的愉悦，所以男人极少悲凄与无奈；而女人却把自己的浪漫强加给男人，所以女人才不幸，才悲哀，才失落。

我想你不妨暂时忘掉这没有意义的苦闷，静心思考点什么。也许这无聊之际的思考，会给你的人生带来全新的感觉。

找回自己

迷迷糊糊地到了三十岁，在一个明丽的清晨，我突然发现自己的过去仿佛是一场梦。那些曾令我惊喜的岁月其实是人生的浪费。望着郊外的青青远山，我觉得我所有的痛苦、迷惘都是因为陷在了一个本不适合自己的环境里。蓦然间，心头掠过那句"众里寻他千百度，蓦然回首，那人却在灯火阑珊处"，那些积淤多年的沉郁之气立时烟消云散，眼前的世界似乎顿然清晰澄明起来。

1984 年，我从一所大学的中文系毕业，怀着一腔报国之志，毅然辞掉系里安排到省城文艺单位工作的分配，来到鲁西南偏远的故乡工作。我在工作之余舞文弄墨爬格子，以先哲圣贤们的古训为座右铭，歌颂生活的美好，鞭挞社会的弊端，常有一些长短不齐的文字见诸报刊。我因而感到充实，也感到尽了自己的职责。但与此同时，我觉得与领导和同事之间产生了一种说不透的隔膜。有人告诉我，要全力做好分内的工作，言外之意是我没有尽力。可我省察自己并未有哪方面的失误。单位提拔，我被搁置下来，据说是因为我的那些文字。我知道，假如我也同别人一样写那些自以为是的文字，我也可能会升迁。可我的心灵里却有另外一种更强大的力量时时督促着我拿起笔来，一个高大的身影时时站在我的身后，让我不流于世欲。"知我者谓我心忧，不知我者谓我何求。"

一个在文学的王国里走过一段路的人，文学便胜于他的生命。我恰恰如是，我把文学事业看得比一切都重要，把所思所悟倾泻成笔墨，那种满足胜饮琼浆玉液！

我静下心来认真思考自己。我把自己生活的环境和理想联系起来。单位不欢迎你，不重用你，说明自己不适合这个环境。已经三十岁了，再在这样一种气氛中撞挤，去挤一个不适合自己的空间，到头来除了失败和悔恨不会有其他结局。人本应因为有追求而充满快乐，假如追求成了沉重的负担，那么就应该重新设计一下人生。

世界很大，让我们生存的空间很多，未开垦的处女地遍地皆是。中国有句古话：树挪死，人挪活。其道理非常浅显，只是我们往往在意那小小的得失，而不敢迈出第一步。

我终于下定了决心，义无反顾地走出去，到一个新天地。

在新的环境里，站在远方，回头遥望那段岁月，我发现其实自己并未有多么惊天动地之举，这一步不过是人生的一个小转弯，可是自己竟耽误了那么多金色的日子！

成功，永远属于勇敢的主动者。我找回了我自己。

敞开心扉

我总以为男人的情感是一种深藏在心底的情感，不论在任何场合，它都应该是深沉含蓄的。而经常的表达，都是浅薄轻浮的。

然而我的这种观念，最近却在妻子的影响下彻底改变了。

与妻子共走人生路已经有几年时间，而且我们的结合是经过了风风雨雨的历练，在我看来，我们的爱情早已是牢不可破的。况且妻子也是饱学经书，已经发表了近百篇诗文，是一个文化层次较高的人。因而随着时间的推移，我向妻子表白的次数越来越少，婚前的那些表白心迹的甜言蜜语渐渐为日常的生活语言所取代。在一起的时间多了，谈心交流的机会与时间反而越来越少。我每天的生活是千篇一律的，读书、写作、采访，而妻子在自己心中的位置，只不过是家庭中的一半，而不是先前美丽的天使了。尽管我们有时也有文学写作中的交流，有对时局的品评，但两人的爱情，表露心迹的话语却几乎没有。

前一段时间，在一次看电视时，妻子突然问我："你是否觉得我令你讨厌了，你不再喜欢我了？"我莫名其妙，我说："你这话从何而来，我们不是很正常地日日生活在一起吗？没拌过嘴，甚至没红过一次脸。"妻子好像很委屈地说："那你怎么很长时间没对我说过爱我的话？"

我恍然大悟，难怪发现妻子一段时间以来总拿一种异样的目光看我，我一直都在纳闷不解，看来问题就在这儿了。

从那以后，我注意了这个问题。妻子本来小我几岁，人也长得娇小美丽，我便总是抓住适当的机会说："你越发漂亮可爱了。"妻子穿了新衣，我便说这种衣服穿出去有两个结果：一是男人的回头率猛涨，二是女人嫉妒的目光顿然锋利无比。妻子尽管嘴上说着我是在拿她当孩子，但看得出喜悦与得意之情溢于言表。

不久前我参加了一次大的采访活动，从济宁到枣庄到临沂、日照，共计十几天的时间。每到一地我都会给在济南的妻子打一个电话，诉说自己的思念之苦，又不间断地每天给妻子写信。待我回到家里，妻子不仅没有往常出发回来时的盘问和疑虑，反而觉得夫妻感情更亲密了。

我总结出这样一个生活的道理：敞开心扉不是人生的浅

薄，而是人生的哲学。人当然要深沉厚重，那样才显示出男人的力量与性格，但敞开心扉的表白却又使一个人丰富多彩。女人似乎有这样的天性，总喜欢男人在自己的耳边经常说一些温纯的情话，似乎这样才有了爱情的安全系数，反之便总以为面临了危机。

婚后就把妻子当成了不需要关怀的主妇，这是男人的致命弱点。一句话，一封信，一个甜蜜的动作就能使我们的家庭永远充满浪漫情调，为什么不去做呢?

生命的精神

　　人生是一片荒漠。但是如果有那种执着的生存意识，有那种不屈不挠的不为命运所虏的精神，人生就是荒漠中美丽的绿洲。

　　《山东青年报》连续报道了这样两个人。一个是济南市铁路局残疾职工曾睿。他几年前患了严重的小脑共济失调症，丧失了行走的能力，基本生活都需要由妻子料理。但是曾睿却没有因身残而丧失对文学的追求。尽管他写字很吃力，坐的时间长了支撑不住，但他却以顽强的意志和毅力进行创作，以独特的视角观察、思考人生，写了一篇篇美丽的诗文，引起文学界的关注。他以笔为武器，同疾病、同命运进行着殊死的战斗。另一个人是人们熟知的残疾人张海迪。张海迪用自己的稿费向希望工程捐款五万元。张海迪高位截瘫，生活不能自理，但她在这十几年中不屈不挠地同命运搏斗，攻读下了硕士学位，成了翻译家和作家。她本来是要靠社会帮助的，可是她却靠自己的力量证实了自己的不屈，成为一个帮助社会的人，一个对社会有较大贡献的人。

面对张海迪和曾睿，我们的心情应该是沉重的，但这两个病残之躯奏出了这样强劲的生命的乐章，这样顽强地把命运握在了自己的手中，而我们这些身强体壮的人又做了什么呢？

很多人都相信命运，认为命运是不可改变的，遭遇了厄运，就相信自己的不幸，一任命运的捉弄，做了命运的俘虏，不去抗争，不去搏杀，任随时光和年华如水东流，沦为社会的残渣。

其实，命运的决定权在你自己的手里。只要你紧紧扼住命运的咽喉，拽住它的纤绳，它就在你的驱使下顺然听命，奔向你理想的彼岸。自古及今，战胜命运的例子不可胜数。遭受了宫刑之厄的司马迁，家道中落的曹雪芹，被砍去了膝盖的孙膑，双目失明的左丘明，这些人都身处逆境之中，遭受了常人难以想象的磨难。但是他们一个个不屈不挠，同命运抗争，都成为千古流传的杰出人物，给民族后世留下了不朽的艺术珍宝。

没有人会幸运地得到一切机会。所有杰出的成功者都是因为他们不甘于做命运的奴隶。做自己的命运的主人，这不仅是强者的生命精神，也应是我们所有人的生命的精神。只有有了这种精神，人生才会绚丽多彩，我们这个民族才有希望。

主动伸出你的手

有一个人的一句话彻底改变了我的人生态度。

那是 1985 年，刚刚大学毕业的我参加了单位的一次聚会。同时报到的新同志有七个人，大家都很拘谨，落座在不显眼的角落里，看着别人很随和地在那里有说有笑。我们七个人都很紧张、弱小、不被人重视，与那些说笑的人有一种很大的差距感。

这时，我认识的单位的唯一一位长者，也是我进单位的推举人走过来，告诉我：走上前去，与每一个不认识的人握手，介绍自己。

我照他的话做了。我发现大家立即都以很友好的态度对待我，我也没有了陌生、拘谨、尴尬的感觉。

后来，我遇到了很多这样的场合，大家彼此陌生，我就采取主动出击的办法，首先伸出自己的手，问候对方，介绍自己。我发现大家立刻都变得轻松起来，陌生的氛围为随和的氛围所取代，自己同样也自然而然成为在场的核心，大家都在不觉中把我当成一个中心，投来信任的目光。我经常品味自己的做法，是否有不妥的地方，得出的结论是否定的。当大家互相都不了解的时候，都渴望了解对方，这时候你主动问候别人，向别人介绍自己，让别人了解你，别人就有了一种他乡遇故知的感觉，你就得到了信任。

有的人总不善于先表露自己，总给人一种神秘的感觉，以为这样才显示出自己的深厚，其实这是给自己增加敌意，而这种敌意是大家都厌倦的。

主动伸出自己的手，是开启友谊之门的钥匙。

挫　折

不经黑暗无以到达黎明。面对人生挫折，能够保持宽舒的胸襟，不仅不认为是人生的失败，反而因此醒悟——挫折就是一个大收获，战胜挫折，才能以全新的姿态，坚定地奔赴未来的征途。

有个朋友工作了八年，本来以专业基础，倘若在其他行业，他应该到了一定的层次了，或当了教授，或做了工程师，或成了作家，或是名扬全国的新闻记者。可是，经过八年没有放松的努力，写了不可计数的文章报告，三十岁的他依然是一名普通的工作人员。他感到困惑，于是没有了干劲。

我告诉他："你为什么不反思一下你没有升迁的原因呢？"

后来，朋友到了一个文化单位。他是学中文的，加之八年工作的磨炼，他在很短的时间里写出了三部在全国产生影响的中篇纪实小说，成了小有名气的作家。

朋友见到我，滔滔不绝，春意盎然。果然，挫折是大智慧。

人世间不存在绝对的东西。我们往往受文化传统、思维习惯、生活氛围的影响而使自己身陷围城，表面上思维是自由的，而实际上却被制约着。这种制约，产生着巨大的阻力，使我们不敢越雷池一步。于是机会丧失了，人生只能沿着旧路走向暗淡。

挫折来到你面前，你不能回避，回避会使你永远生活在它的阴影里。面对挫折，勇敢地正视它，去认识它的内在及背后。以"闲看庭前花开花落，漫随天外云卷云舒"的心胸去发现品味，人生就不再迷蒙，而挫折也必然是人生的大收获。

母亲·孩子·桐

　　母亲已年高七十，而我却整整四个年头南来北往，没有回故乡老屋了。虽然，我常寄信到故乡去，母亲也常寄家信来，但那一纸薄札，怎么也平不下我思念故乡、思念母亲的感情。所以，我匆匆告假还乡了。

　　四年，短短的四个春夏秋冬，老屋墙外的一排桐树已经长大了。我止足凝视这排粗大的桐树，心中顿然生出缕缕凄楚。是啊，树已大了，娘呢?

　　我轻轻推开那半掩的院门，快步走进院里。我愣住了。母亲正坐在房门口的小木凳上，一个两三岁的孩子偎在她的怀里。孩子穿一身草绿色的军装，戴着大檐帽，仿佛是个英武的军官。而母亲，那本还有些灰的头发，已全然银白了。

　　"娘，我回来了。"我轻轻地喊。

　　母亲回过头来："啊，二子，二子回来了。"母亲终于认清了我。"快，叫二大爷。"母亲拉着那已藏到身后的孩子。孩子从母亲身后探出半个头来，瞅了瞅，撒腿向屋内跑去。

"娘，这孩子?"我不解地问。

"唉，还没给你说，这是你三兄弟的儿子，过年就三岁了。"

我扶母亲到屋内坐下，端详着白发苍苍的母亲，那刀刻斧凿的脸上，已露出星星点点的老年斑痕。那孩子从里屋钻出来，抓住母亲的衣襟，一双明亮的眼睛偷偷地看着我这个陌生人。

四年，幼桐已长成参天大树，未知的孩子把我当成陌生人。再过几年呢? 树将更大，孩子则长大成人，而我母亲呢? 母亲还会这样衰老地活着吗?

岁月匆匆，没有多少时光可供流逝，也容不得我们有丝毫懈怠。没有多少时间留给母亲，也没有多少光阴留给自己。我想，明年一定早来看望母亲。

残缺使生命富丽

与她的交往只是最近的事。她的小说我读了很多，特别是上半年的《小说月刊》上的那一篇。我一直惊诧于她的小说中深藏着的那种冷峻、深沉和对人生的痛灼感悟。女作家的作品中这种风格是不多见的。我想她这种对人生近乎残酷的感受和独特视觉，一定是因为她有不同于一般人的生活经历。

在一个笔会上我们恰好坐在了一起。她的外在形象同我想象中的女作家真是大相径庭。稀疏的不加修饰的头发，随随便便的一件极普通的外套，可以说有些丑陋的面孔。

我谈起她的小说。我说："你写的人物总让我感到压抑，有时不忍卒读。"她沉思良久说："你如果经些磨难，你定会爱那些人。"她以她小说言语般的声调告诉我她不幸的人生：幼年丧父，母亲改嫁，孤独的童年，靠奶奶纺线的钱上完大学，因写小说丈夫同她分手。"我不渴望友情和理解，世人都是善恶兼在的，有好多人身上丑的东西、恶的成分胜于善百倍。"

那些人物都是她的心灵的外形。我心中说。

以后与她几次见面，或参加别人的作品讨论会，或她自己的，她几乎是雕塑般地默默地坐于一隅，以一种冷漠的眼神看着周围，像她的那些人物。

朋友们告诉我，她的生活一团糟。一个女人还照顾不了一个孩子，孩子的衣服常常几个月不洗一次，早饭有时推到中午，在单位几乎没有朋友，家里一片狼藉。她的整个身心时刻都沉浸在她的作品中，她的意象中。

不久前她的又一篇小说在《上海文学》上发表了。以《上海文学》在纯文学刊物中的地位，我知道这篇小说的分量。我打电话给她以祝贺，她告诉我她相依为命的奶奶昨夜死了。我赶去悼念这位成就了一个女作家的老人，想象着她手中流出的丝丝缕缕所意味着的东西。

只有她一个人守着奶奶，眼睛中喷射出来的光芒，更添了几分冷酷。

谈起她，所有认识她的人都向我摇头，但我却从内心深处产生着一种由衷的敬意。她不是那种人们所说的懂生活的女人，她的人生中有着许多的残缺。但是正是这些人生的磨难，这些人生的残缺，给她的作品以不同凡俗的冷残之美。这种美，使她的生命呈现出艺术的绚烂富丽。

散　步

　　原来在县城工作的时候，总喜欢傍晚到城外的田野小路上去散步。离城不过半里之遥，天地空旷，远山如黛，空气中没有街道上的污浊与尘埃，尽可以畅然地做深呼吸。在清爽的微风中，随意地想自己愿想的事。看暮归的农人荷锄背篓从面前晃过，自己犹如处在了山水画卷之中。

　　自从来到省城，这散步的习惯随日而减，以致决定不去散步了。下得楼来，不尽的喧嚣声随风飘来。走到街上，那熙熙攘攘的人流扑面而来，走进其间须得时时小心被人撞着。而无处不在的叫卖声又吵得人心神不宁。抬眼望天空，天空在高高的楼群中间只是窄窄的一条线，而且也没有了纯净的蓝色，灰蒙蒙的浊气弥漫着。走着，不知会从哪里突然钻出一辆汽车，在你身后或面前戛然而止。似乎整个城市都是满满的人，满满的汽车，满满的声音。

只有公园里是一方净土，但收费的牌子又令你望而却步。

去郊外，但即便是走近的路线也有十几公里，不是步行可以去得了的。

小城人，散步是一种愉悦，是一种享受；而都市人，散步就截然不同了，没有了闲适的清静，没有了寂静的空旷，也就没有了惬意的心情。

培根说："散步利胃。"我想他指的是在乡村中散步，吐尽胃里的酸腐，收纳清新的空气，胃自然是会舒服的。

白居易诗云："晚来天气好，散步中门前。"那是唐代的都市，还没有工业文明，城市的手工作坊不会制造污染。所以，白居易可以在晚饭后背着双手，踱着闲步，在都市的大街上品味他的诗句。

很难在居住的小区附近找到一处散步的好去处，我也就只好改了那习惯，傍晚不出去，待在家中了。

家乡的枣树林

家乡的枣树林，我童年的梦境。那透红的枣子和遍地璀璨的黄花是一幅立体的、深厚的画。枣树林在村东，四百多棵，密密麻麻，大的要两人合抱，小的如手指般粗细，地上还生满了数也数不尽的细苗嫩芽。一棵棵枣树像伞一样蓬杂的树冠交错成一体，浓浓绿荫融合成一片雄浑独特的风景，那便是我童年的故乡令人神往的景致呵！

当学校的放学铃声响过，十几个顽童便一溜烟似的穿过街巷钻到枣树林里去了。冬天，林里荆棘丛生，比赛谁爬的树最多，谁最敢在林子里飞跑而不被划伤。秋天，看谁最先躲过看林人的眼睛进入枣林，痛享那甘甜清脆的滋味。夏天，躺在深深的绿荫下，在那与外界隔绝的静美与诡秘的氛围里，尽情地享受那难以言喻的舒适、凉爽与安逸。春天，捉鸟捕蝶摘鲜花，一切的向往与憧憬都融进欢快的惬意里。

在我被枣树针划伤了皮肤，跑到家里让姐姐涂红药水的时候，姐姐告诉我不要再去枣树林耍了。我却说："姐姐，枣树要是没了枣针还会结枣吗？"我们虽然搞得满脸伤痕，腿上流血，却快活极了。

家乡的枣树林，是我童年中最甜蜜的回忆。

可是，当我被城市的喧嚣繁乱搞得焦头烂额，想去故乡寻觅片刻的闲适宁静，到那片枣树林追忆童年梦境的时候，枣树林却早已杳无踪迹，连细苗嫩芽也不见了。

站在我印象中的枣树林边，我忧伤迷惘的眼睛再也找不到往日的风景，心中顿悟出许许多多残破的道理来。没有往日的结束，便没有新的起始；没有旧情怀的割舍，便生不出崭新的情愫。旧的完成了历史使命，远去了，取而代之的必定是更富生命力、更加强悍的新事物。

我的毅然决然、坚强自信的故乡性格！

榜　样

　　小时候，我住在农村老家。记不清从哪一天起，我开始在清晨听到家门外的街上有人扫树叶的声音。我想，是谁这么好心扫街？清晨这么冷，大家还都躺在被窝里睡觉呢。我悄然起床跑到大门外，发现那扫街的人已从我家门口扫到街的中间了。每隔一段距离就有一堆树叶烂草堆在那里，像一个个小土丘。好一会儿，那人挺起身，我看清了，是邻居张大伯。

　　我心中十分不解，他干吗为大家扫街，是做好事吗？我问父亲，父亲说："他已扫了十几年了，你到他院里去看看，他家的柴火满满的，隔些日子还卖些钱。"我到他家里，果然看到堆着的满满的三大垛柴火。有一垛已被整齐地捆了起来，看来是准备卖的。

　　渐渐地，我了解到，他的家里有一位多病的老父亲，有一个智障媳妇，还有三个孩子。他不能像别的男人那样抛开家人到外面去闯世界，只能在家里支撑着这个多灾多难的家庭。

当时只有六七岁的我，从张大伯的身上似乎明白了很多道理。一个人只要有恒心，只要矢志不渝地去做，只要不好高骛远，就没有过不去的难关，就能够在平凡中干出不平凡的事业来。那条不长的街上，并没有多少柴火，但经张大伯日积月累不间断地扫，就扫出了财富，就维持了一个家庭。假如张大伯既不能出去，又看不起那一根根草、一片片小树叶，这个家庭也许就维持不下去了。暗暗地，我把张大伯当成了我的榜样，张大伯在我幼小的心灵里成了恒心和力量的象征。

每当我的人生之路上出现困难和波折的时候，张大伯低头扫街的形象就即刻闪现在我的眼前，我也就释然了。每当我感觉到自己太平凡，自惭形秽的时候，就从张大伯的意志中受到巨大的启发。

遥远的歉疚

五年以前，当时我还在故乡的县城工作。一天下午，三楼的李主任领着一位大约三十岁的青年人走进我的办公室，介绍说，这是新调来的小孟。那小孟说了些请多关照之类的话便随着李主任走了。我并没有过多地关注，一个新同志，时间一长大家也就彼此熟悉了。

可是不久，一些话却传到了我的耳朵里，大都是关于小孟的，说他三十多岁了，却不找女朋友，谁为他介绍他就与谁翻脸。后来甚至传说他有"厌女病"。我开始注意这个每天上楼下楼从我办公室门口经过，总是低着头走路，总是沉默着的小孟了。说实话，我并没有看出他的异样。

单位里有几十个青年人，统统在院子南部的几排红瓦平房里。一到晚上，电视室便成了他们的天下。下象棋、打牌、看电视，玩得不亦乐乎。有时我也到那里去，总是发现小孟一人独坐一隅，或看电视，或读报纸，一脸沉默。其间总有不少人与他开玩笑，他都是冷冷地一笑，又沉浸到自己的世界里。

单位里的同事，大都这样看待小孟，认为他是一个呆滞的、故作深沉的大龄青年。

一天，我恰好到他所在的部门去，见只有他一人，就与他攀谈起来。我明显地察觉到他给自己的心筑起了一道墙，他藏在那层墙壁的里面，不外出一步，也警惕地阻止着别人的脚步。我当时几乎就同意了人们对他的评价，不自觉地对他说："人应该随和，应该与人沟通，应该与人建立友谊，才会生活得愉快。"良久，他说："应该的事多了。"我没有再说什么，走出了办公室，心里确认这是一个病态的人无疑了。从此，我很少与他说话，从内心里生出一股无形的鄙视与轻蔑。

几年来东奔西走，岁月的风雨早已让许多往事淡如烟云。有一次到鲁西南某地采访，席间一人问及我的过去，我说出在县城的一段经历。他突然间问我是否认识一位姓孟的，我记起了那个小孟。他告诉我，在那里恐怕没有人理解他。他在读大学的时候，他的女朋友，也是他的同乡和同班同学，突然患急病而死。当时他几乎痛不欲生，学业中断了一个多月。后来在家人的劝说下回校，但每到女朋友去世这一天，他都要专程到女朋友的坟前，独自一人坐在那里，寄托思念。这个人告诉我，他与小孟是同村的，也是同学。本来小孟是个热情开朗的人，但自那以后，他完全变了。

出差回来，我的心情依然不能平静。这是一段怎样美丽的故事，又是一段怎样珍贵的爱情？可是这一切被我和那个县城里的人们忽略掉了。我们很轻易地中伤了它，毁灭了它。

每一个人都是一个世界，每一个人都有独自的风景。

不知道远方的小孟怎么样了，我的心中升起无比的歉疚和由衷的崇敬。

失书之痛

　　作为一个读书人，面对好书而囊中羞涩，是件痛心的事。而最痛心的，大概要算心爱之书的丢失了。一本好书的丢失能使爱书人心痛多年。而我，整整丢失了一千二百余册心爱之书！那些书曾经伴我度过了十多年光阴。

　　那是一千二百多册书，里面最早的一部分是我小学与中学时代买的。当时家里的生活已渐宽裕，每个月能够资助我一些钱，所以大学几年，买了不下七百册书，到毕业时，我已经拥有满满两大木箱书了。

　　临近毕业的时候，因为不知道会被分配到哪里，我特意托别人把书托运到了老家，而且在箱子上安了两把大锁，并特嘱家人不能动它们。

　　后来，我被分到了故乡的县城工作，就又把那些书带到了身边。那些书，有些我读了一遍，有些读了多遍，而有些是作为工具书用的。而且我读书的习惯是边读边在书上做笔记，所以每一本书都留下了我许多的笔迹、许多的体会与见解。

工作后出差的机会很多，每到一地我的第一件事便是到新华书店买书，几年间又陆续添了几百册。那些书是我生命的重要组成部分，是我精神生活的平静港湾。

可是，没有想到，它们在一夜之间全部丢失了！1992年的夏天，我到南方去，没想到待两个月后返回时，房间里一片狼藉。虽然生活用品没有丢失，但上着锁的两个箱子却不见了，我想盗贼或许以为那两把大锁锁着的，一定是贵重的金银财宝！

从那以后，只要到故乡的县城去，我必定要去那里的几个旧书摊，希望能够找到哪怕一两本，但是每次都空手而归。我叮嘱在那里工作的朋友经常代我寻找，也毫无踪影。

时间在一天天地逝去，我依然没有能够找到一本我丢失的心爱之书。它们或许进了哪家造纸厂的废纸堆，或许被那些可恶的人扔进了臭水沟里，或许还静静地躺在哪个不为人知的暗室里。

但愿盗贼稍有良知，不要毁掉它们，即便不还给它的主人，也可以留给自己，使自己挣脱野蛮与无知。

美丽的织锦

    织锦，是我的故乡鲁西南女人手工织的一种土布。它原有很多的名字，都是以布的花纹与用途命名的。现在，那些名字都被鲁锦这一名字统一了。原来，它都是女人们手工做了衣服给自己和家人穿的，很少进行交易。今天却不同了，它不仅走进都市，成为一种民俗文化，而且走出国门，成为一种时髦的艺术珍品。

    每当我看到娉婷的时装模特，舞动着美丽的身影展示我童年穿的土布，我的双眸顷刻间穿透了三十几年的岁月之壁，眺望到了那曾经极其熟悉的纺织情景。

    现在的城市人将其称为鲁锦，用这样一个美丽的名字，作为一种民俗文化产品供上新潮的殿堂。其实，家乡的女人们没有不会纺织的，虽然时隔多年不闻织机声，但我依然清晰地记得母亲织布的全过程。小时候，每天都见母亲织布，那架巨大的张牙舞爪的织布机一年到头几乎没有停止过。织成的布有各种图案，有的是胖胖的小娃娃，有的是各种吉祥的飞禽走兽，颜色最多的达七种。母亲说，不会织布的女人就不能当人家的媳妇。也确实是，似乎没有一家没有织布机的，姑娘到了十二三岁就开始学织布了。我姐姐从十岁就开始学，到了十二岁，已经能织比较复杂的品种，在全村颇有名声。家庭之间也往往以储存土布的多少来显示女人的能干与家底的富足。我家的土布在我十二三岁的时候就已装满了一大木柜，足有四五十匹。一般一匹布从上机开始到织完要用一个月的时间，可见女人们的辛劳了。记不清有多少次我是在那有节奏的织声中睡去，又是在清晨有节奏的织声中醒来。织成的布，一方面是为全家穿戴铺盖用，一方面是在冬天卖掉换钱补贴家用。那些看上去很粗糙的土布经母亲和姐姐的手，变成了一件件衣服、袜子、鞋子、帽子等。

直到二十世纪八十年代，我到了一个有不少同学是城里孩子的学校读高中，我还是自上而下全身的土布衣服。当时同学中分成了很明显的两类：一类是穿细布（我们家乡称为"洋布"），用缝纫机做的制服的；一类是如我一样穿母亲亲自手工缝制的土布衣服的。那些穿细布衣服的同学，往往以一种鄙夷蔑视的眼光看我们，称我们为农家的"土著"。

高中二年级的时候，有一次姐姐来学校送干粮，发现班里有很多同学穿那种洁白细软的的确良衣服，便在下次来的时候也给我带来了一件。我很难过，因为我知道家里的状况，便问姐姐哪来的钱。姐姐说，卖了十尺土布。我知道，十尺土布是要姐姐和母亲用几天时间才能织成的。考上大学后，离开家乡时除了姐姐买的一床床单是细布的外，带的被褥全是土布的，衣服大部分也是土布的。当时母亲说，到城里生活，人家拿的都是细布的，咱拿土布人家会笑话。我很坚决地阻止母亲卖土布换细布，我感到穿着土布衣服反而心里更踏实，因为那上面有母亲和姐姐的汗水与手温。我固执地对母亲说，高中穿细布的同学几乎没有考上大学的，我要穿上细布就不能进步了，母亲信然。

在城市生活的前十年里，我的家里始终没有断过家乡的土布。每次回乡探亲，老母亲都会将早年织的土布拿出一些让我带着，也有不少亲戚自家乡带来的。这些土布我都一一珍藏着，作为贵重的礼品送同学、朋友。因为在我看来，世上没有另外的东西可以替代这用智慧和汗水织成的物品，它本身的价值虽然微不足道，但它潜在的意义，却深远凝重。

后来，听说家乡的土布已走出乡土，远涉重洋，成为外国人欣赏的佳品。现在又见家乡的土布成为都市人崇尚田园风格的流行服饰，心中极其欣慰。我相信城里人穿着它，绝不仅仅是穿件衣服，而穿的是一种文化，一种悠远的民族乡情。

鲁锦，我故乡的美丽！

贪 欲

　　天色已晚了，朋友急匆匆地敲门。"完了，今天一天亏了二十万，原以为会赚二十万的，全完了。"朋友脸色蜡黄，双目充满了血丝。

　　看着他失魂落魄的样子，我没有丝毫同情，正如他不久前也是在一个晚上，拿了酒菜，来告诉我他一天挣了十万，我无动于衷、没有祝贺一样。他本来是一名干部，日子过得还不错。但他想装修房子，想拥有自己的轿车，甚至想拥有一处市郊别墅。于是他辞职去炒股了。按说他是幸运的，开始时一直挣钱，甚至有一天挣了十万。当时我们两人对饮，我说："挣了这么多，打住吧，见好就收，你原来的计划也可以实现了，安心干点自己的事。"但他很坚决地告诉我："不行，我刚摸透规律，继续干，有了更多的钱，今后就更放心了。"

我想，劝也没用。他刚刚辞职的时候，说挣十来万就足够，然后安心去写作。他写得一手好文章，短篇小说曾获过大奖，在文坛上小有名气。当时，他的愿望只是十多万，如今这个愿望实现了，而更大的欲望又强烈地引诱着他。

"全完了，"他说，"今天亏了二十万，还有买进的十万一直在猛跌，到明天再跌，就彻底完了。"他像得了一场大病，样子极其憔悴。我们相对而坐，他沉思良久说："你这样多好，上下班，写作，不必担惊受怕。"

我苦笑："当初你不是比我现在更舒服吗？"

他亦苦笑。

我拿出德国作家伯尔的小说集给他看，里面有一篇小说。一个老渔夫躺在海滩上悠然地晒太阳。一个年轻的游客上去对渔夫说："这么好的天气，你为什么不下海打鱼？"渔夫说："我只要养活自己就足够了，再去吃苦干什么？"游客说："你每天都去打鱼，鱼多了，能卖很多钱，然后你就可以组成一支船队，你当老板。"老渔夫说："那时候自己能怎么样呢？"游客说："那时你就可以高枕无忧地晒太阳了。"老渔夫反问："我现在不是在无忧无虑地晒太阳吗？"

读完小说，朋友很惊愕地问我，当初他辞职时怎么不给他看这篇小说。我沉默了，人的记性也是可以被欲望吞没的。当初我曾很认真地为他讲过这个故事，但他竟全忘记了。

朋友走了，我不知道他明天是否再去股市。

人不可没有欲望，有了欲望才能不断前进。但欲望太过即为贪，如果无止境地去追求，那便会产生人生悲剧。

父亲的选择

那一年我九岁。

父亲承担了看护棉田的责任。到了傍晚，父亲拿着手电筒，领我到棉田边的一个草棚里去。那个草棚很小，最多只可以坐三个人。草棚是三角形的，一边是路，一边便是生产队里的棉田。

尽管天色暗下来了，但是都已开瓣了的棉花地里依然一片洁白。淡淡的月光倾泻在棉田里，没有风，四周一片寂静。我有点怕，蹲在草棚的被窝里不敢出来，父亲却一直站在草棚口，注视着偌大的棉田，侧耳听着远处的声音。

天已经很晚了，我有了困意。突然，父亲告诉我，远处有人在棉田里走的声音。我侧耳细听，果然，很清晰，是一个人踩棉棵的声音。父亲说，他去南面，让我去北面的路口，我在北面喊，那人往南跑时抓住他。

我悄悄去了北面的路口，突然喊："抓小偷，抓小偷!"那人果然飞快地往南跑，被父亲抓住了。

那人被父亲带到了草棚。我迅速地跑回草棚，发现那个小偷是本村的一个同姓大哥。他正向父亲苦苦哀求，说反正没有别人知道，放了他，他以后不敢再偷了。再说，都是本家同宗，别人知道了也会嘲笑本家不睦。

可是父亲却说："你这种人，放了还会再偷，去村广播室做检讨。"

后来，我们把他带到了村广播室，他在广播上向全村讲了自己偷棉花的经过，表示以后一定靠自己的双手致富，决不再偷。

这件事过去很多年了，记得当时村里对这件事议论了好久。村里的棉花经常被偷，但自从那一夜起，没有再少过，甚至村内经常出现的偷窃现象也没有了。那个小偷原本就经常偷东西，大家也都知道，但一直没有人抓住他。自从那一次后，他总是躲着父亲，在村里人面前也低头走路。没有了偷的途径，他做起了小买卖，现在日子也富裕起来了。

每忆起这件事，我常常想，父亲当年抓他的时候，如果选择放了他这条路，村里的偷窃现象绝对不会终止，那个小偷也许已经衍化为一个江洋大盗。父亲选择让他悔过自新，树了一代村风，也拯救了一个人的灵魂。父亲虽然在当时一定是得罪了那个人，却让全村人的灵魂得到了一次净化。

父亲的那个举动，一直深深地影响着我。父亲的选择，一定是终生无愧的，也因此而赢得了村人的尊敬，甚至也得到了那个小偷的尊敬。但是当面临这样的选择时，往往有许多人不这样做，而轻易地失去了使一个人走向崇高的机会。

真　实

几年以前，我曾结识了这样的一个人。他性情平淡，才能也是平平的，思维并不比常人敏捷，说话还有些口吃，但他却总认为自己是个伟人坯子，是个一定能成为杰出人物的人。因而，在单位里，他与同事的关系十分尴尬。在家里，他视那些生活琐事为小人之劳，不仅不帮助家人去做，反而经常斥责家人俗不可耐。父亲视他为不孝之子，妻子说他是堂吉诃德，邻居也说他精神不正常，在家庭里他总感到自己是个多余者。但他并没有因此而反省，而是认为这恰巧证明自己的超凡脱俗。他全身心投入创造发明之中，想发明一种不用油不用电的汽车，又想创造一种用意念即可支配的机器人。他羡慕作家这个美丽的头衔，废寝忘食、焚膏继晷，浪费的稿纸几达尺余，仍无一篇短稿见报。这时候他又想起了做律师，律师那激昂慷慨、雄辩潇洒的风度强烈地诱惑着他，他订了演讲杂志，买来了一些法律书籍，钻研起了法律。他连正常的谈话都尚未过关，怎么去舌战群儒？

这个朋友从此陷入了深切的痛苦之中，原来的桀骜不驯与不甘流俗的气概一扫而光。他抱怨生活的艰难，做人的疲困与劳累，"做人太难了"成为他的口头禅。

与他认识的时候，他正处在这样的境遇之中。我问他："你知道你是谁吗？"他愣住了，说："我怎么不知道我是谁？"我说："你并不了解你自己。"他愕然地愣在那里，陷入了深思之中。

很长一段日子，我们经常在一起交谈，他开始思考自己。

后来，他完全改变了。他告诉我，做人难的核心原因是迷失了自己。他变得实际、随和，原先那些虚幻的空想都烟消云散了。

真实，是重要的做人原则。真实地做事，以真实的自己面对这个多彩的世界，以真实的面貌展示给世人，做人不仅不会困难疲劳，反而是一件美好轻松的事情。

崇高的羞辱

　　读高中的时候，我与弟弟不在一个班级，我学文，弟弟学理。弟弟小我两岁，天资聪颖，悟性极高，却极其好玩。相比而言，我尽管资质一般，却刻苦好学，在班里的成绩一直是最好的。在刚进校的第一个学期，弟弟在班里的成绩还可以，但越往后越差，到了高二时，他的成绩已降到最后几名了。

　　当时担任我们班语文课的老师，同时教弟弟班的语文并任班主任。这个老师极其严厉，不苟言笑。由于当时我的语文成绩很好，就格外为老师所关注，师生关系较之一般同学似也融洽得多。

　　作为弟弟的班主任，弟弟成绩的下降，成为老师的心病。他多次找到我，分析对策，让我说服弟弟，让父母多教育。但由于我与弟弟不在一个班，平时又极少回家，所以这些办法几乎没有什么效果。

临近升高三了，同学们都在做最后的努力，还有一年考大学，可供利用的时间不多了。可是此刻的弟弟依然学玩参半，成绩不见起色。我无数次劝说弟弟，他总是白白眼睛说："你搞好自己的学习就行了。"我也别无良策。

　　一天，老师叫我到办公室去。我去了，见弟弟已在那里。弟弟的眼睛红红的，像刚哭过的样子。

　　见我进来，老师对弟弟说："你看看，你比哥哥少了什么，吃的穿的都一样，同时进校，你哥明年考大学走了，你却扛着被卷回老家去了。你有脸回村，有脸见父母吗？我看你是天生的不可救药了，是不可雕的朽木，一辈子也不会有什么出息。你走吧，我要与你哥商量他明年报哪所大学的事。"

　　老师怒气冲冲地一气说完，而后把弟弟赶了出去，并猛地关上了门。

　　我感觉到老师说得太重了，弟弟的自尊心会受到伤害，怕出现意外，我就忙着要去追弟弟。

　　老师制止了我。他说："如果你弟弟意识到了羞辱，他就有救了。"

　　自从那天起，弟弟像变了一个人。他不再贪玩了，全身心投入学习中。但从那以后他也不理这个语文老师了。为此我批评他的不对，他却对我说，士可杀不可辱。

　　弟弟的发奋，使他的学习成绩直线上升，当年我们双双进入了大学的校门。

在大学的那几年，我一直与语文老师通信，但弟弟却不写。他说，他从内心里反感老师对学生进行人格的羞辱。

随着年龄的增长、人生阅历的增加，弟弟开始改变了。后来，弟弟给我写信，约我与他一起返回母校去看望老师，他说，他打听到老师要退休了。

在一个落叶缤纷的秋天，我们双双回到了老师身边。十年不见，老师的双鬓已染上了白霜，背也驼了，走路也有些蹒跚。

见到我们，老师激动得热泪盈眶，弟弟也禁不住地哭了。我知道，弟弟明白了老师当年猛药去沉疴的道理，懂得了老师的良苦用心。

人格的羞辱，是一个人最脆弱的部分，也是对一个人最刻骨铭心的伤害。但假如这种伤害，能够促发人的自省，则会产生不可遏止的巨大能量，使一个人走出原来的自我，重塑人生。

书的悲哀

周末去朋友家串门。朋友新装修了房子，特辟了一个房间当书房，铺了深红色的地毯，一张枣红色的写字台，几乎就是一面墙大的四组合书橱。书橱是清一色槐木做的，全部用茶色玻璃镶着。朋友很潇洒地给我介绍他的藏书：全套的《辞海》《辞源》《二十四史》《历史演义丛书》，还有新近流行的名著藏本系列丛书，足足有二千册。书全是精装本，我估计总价值要在十万元左右。真没有想到当经理的朋友居然对书有了这等爱心。朋友的这个书房是名副其实的书房了，书都分门别类整齐地放着。窗明几净，而写字台上却只有一本台历占着整个桌面。

从朋友家里回到自己的居室，看着自己的小书橱，藏书不多，书的样式、年代又大不同，加之放置得零乱，便有很多的感触。这个书橱我没有镶玻璃，因为每天开来开去，总担心玻

故乡风情篇 | 191

璃碎了，担心划了手。书放得也极不规则。有些书每天都用，就放在最易拿到的地方。有些书不常用，就放到一边，这样书就很难像朋友的书那样整齐划一了。我没有专门的书房，一张桌子放在客厅里，与妻子两人合用，那一边堆满了她的书，这一边摆满了我的，乍看上去很乱，但在我们心中却很有条理。哪一本放在何处，翻到了哪一页，是不会错的。我们的书不多，也就几百本，而且有好多是从旧书摊上买来的，譬如新近买来的一本李泽厚的《美的历程》。书架上是书，桌子上是书，床头上是书，沙发上是书，沙发靠背上也是书。

我想，书被我买来跟我受苦了，没有华丽的装饰，没有温馨的环境，常常为我奔波于桌子、书架、床头，甚至单位之间。有些书，还不到一年，就面目全非了，没有了封面，里面圈圈点点到处都是。但是，我的书，我相信它不会有怨言的，因为这样才是真正地实现了它的价值。而诸如朋友的那些书，这在当今的都市似乎是一种时尚，在生活水平提高了以后，以文化的名义装潢提高家庭的层次，充其量不过是从印刷厂走到了储藏室而已。怀才不遇，与木头书架并无二样。我想，这不仅不是书的荣耀，恰恰是书的悲哀。

书是用来读的，而不是用来装潢的。为了装潢，即便家藏十万册，亦无对文化的尺寸之功。

苍凉之爱

接到她的婚礼邀请，虽相隔千里，但我还是高兴地确定了行程。

毕业离校的时候，她说："我现在还坚持独身主义，不然我会选择你。将来如果真的遇到一个我非嫁不可的人，希望你能参加我的婚礼。"当时我的心里酸涩难受，我很爱她，但显然不是她非嫁不可的人。她这样直言不讳，我知道是她的性格。

我曾写信分析她的性格。她告诉我，她厌倦流俗。

今天的婚礼，就是厌倦流俗的结果吗？

偌大的宴会厅里，坐着稀稀落落的人。新郎是一位六十多岁的老教授，满头白发，但是很健朗。

穿了一件深红色礼服的她和满头白发的老教授向我敬酒，我有些不知所措。说什么呢？白头偕老吗？比翼双飞吗？新郎满头稀疏的白发下那苍凉的额掩不住岁月的苍凉，提示着我的眼睛。作为新娘的她双腮有些红晕和醉意。她向丈夫介绍，这是她的同窗好友。我默然举起醉了的酒杯。

她是我们系最优秀的学生。在校时写的几组长诗在《人民文学》上发表，获得全校最高奖学金。她总是瞧不起同学们。她用得最多的一个词是"俗不可耐"。她总是独来独往。毕业后她被分到了一家杂志社，不久就同社长闹翻了。后来，她又去了一所大学的文学研究所，在那里她结识了在现代文学研究上独树一帜的他。

我目视着他们双双举杯的动作，总有许多尴尬的感觉。就是这样一个满头白发的老者打败了所有才华横溢的翩翩青年？就是这样一位先生让骄傲得不可一世的公主非他不嫁？是，这才是真实的。

爱情，在人世间真的有自己的位置吗？就那么不可一世，又那么脆弱得不堪一击？

他是一位德高望重的学者，他的许多论著至今依然影响着我。可是此刻，我总感到无话可说。

我想，她是从他渊博的学识中找到了她命运的终极点，又从他苍凉的额上找到了苍凉的人生痕迹。

那么，爱情也是苍凉的吗？

心灵的抚慰

人有时候犯了错误甚至伤害了朋友，却依然浑然不知，这大约是人生中最不可饶恕的了。

在没有见到张君之前，对于张君的每一封来信，我总是极随意地读过就轻易地忘掉了。

张君是我的大学同窗，毕业时他自愿去了渤海之滨的油田基地。他是抱着以一己之才改变家乡的面貌而重新沿着来路返回的。

我时常收到他的来信，有描写黄河入海口壮丽日落的诗句，有歌唱石油工人生活的散文，也有对人生孤独的咏叹。我从来没有去过他所在的地方，对于那片在沿海滩涂上造起来的工业基地几乎一无所知，因而对于他的那些感慨并没有产生多少共鸣。十几年没见面，渐渐地减淡了对他的关注，有时看过信也就不经意地忘却了。

生活或许有这样的规律，它最终要把谜底揭示给人看。我曾随一个采访团去了滩涂深处那个最僻远、最艰苦的基地。下了车，我急急地打探张君，正好他在。在他的那间办公室里，四目相对，我不禁悲从中来。滩涂的强风与沙碱，使张君几乎失去了当年的英俊与潇洒。一身蓝色工作服，满面黝黑。张君对我的到来表现出极大的喜悦，他急忙让座，倒茶。这是一间简陋的工房，大约十平方米，一张木桌，一把木椅，一张床，还有一个简易的四层书架。在书架的第二层上，整齐地放着我邮给他的信件及报纸。张君说，每个周末城里有一辆车来，带来信件和生活用品，所以每次看到我邮给他的书信已是十天以后了。

这个基地只有八个男人。

基地处在白茫茫的盐碱滩涂之中，方圆百里除了芦苇和遍野的磕头机外，没有人烟，没有树，只有一条窄窄的柏油路通向远方的城市。

告别张君，我的心中如饮了一杯苦酒。处在这样的地方，张君以怎样的心态给我寄去了一封封含着真情，含着艰辛，含着切盼的信，又是以怎样的心态在每一个周末盼着那唯一的车给他带来回音？我的信尽管是片言只语，或者只是一张报纸，但对于他，也许是巨大的精神支柱，是对他干渴心灵的抚慰。

我不能宽恕自己这个巨大的过错，因为，即使我从现在开始，寄信再多，给他带来的那些失望，那些冷淡，那些心灵的伤害也无法弥补了。

恩情无价

在漫长的人生之旅中，我们总会遇到以一己之力克服不了的困难，总会有很多时候束手无策或濒临绝境。这个时候，我们得到了无私的帮助，或是亲友，或是同事，或是素不相识的路人。这些帮助不论大小，都是人生的恩情，都是数字所不能衡量的。因为，如果没有哪怕很小很小的帮助，我们就永远越不过那个人生之坎，还会留在昨天的河岸，也就没有后来的大功告成。

恩情是无价的，因而不论哪一种形式的偿还，都无法与当初的帮助之情相提并论。所牢记的，应是两人因此结成的生死情义；所应做的，是去帮助那些如当年的自己一样需要帮助的人。

我有一位这样的朋友，当年我们在中学的一个班读书。我知道他自幼丧父，母亲又得了重病，他的家庭已没有财力让他读完最后的学业，而我们还有一年就要参加高考。他想坚持到底参加高考，可家庭的困难又难以克服。我们是同位，我了解了他的情况后告诉他，我的家庭情况好一些，以后花钱吃饭我包了。在高中那最后的一年中，尽管我的家庭也不宽裕，但我们同甘共苦，相濡以沫，终于完成了学业，又同时考上了大学。

自从那以后，我们的关系超出了一般同学，结成了深厚的友谊。虽然不在一个城市读书，但每周必有通信，谈学业，谈社会，谈人生，彼此之间都感到那种知己朋友般的淳厚与深情。

但是，自从参加工作后，我们的关系却不一样了。我们都结了婚，有了家庭，也都渐渐成熟起来。他不时到我的家里，见到我就常常说起要还恩情的话，说我有恩于他，他要还这一笔情债。开始，我笑着把话题岔开了。但后来，我却惊觉起来，冷静地看着他问："你认为我当初帮助你是为了让你今天还债吗？"他不置可否，以后反而类似还恩情的话说得更多了。

我们的关系渐渐生疏起来，本来无话不谈的友谊似乎有了裂隙。我不知道应该怎样才能说服他。我想，假如到了偿还恩情的时候，那么两个人就已经没有什么恩情了，两个人的关系已是一种商业的往来交易，已是一种世俗的买卖。

恩情，是人生路上的相互扶持，它是无价的。

楼下的小摊

　　世界上没有另一种美丽可与善良之美相提并论。一个人只要拥有善良的心地，总是以善良的目光凝视我们这个世界，他就给自己戴上了美丽的光环。

　　我们的楼上住着这样两个特殊的人：一个是腿有残疾的男青年，一个是患有癫痫的中年妇女。两人都因为身体有病而无法去工厂正常工作。男青年就从收废品的人那里买了一些废旧铁皮，做起了烟筒、垃圾斗，卖给附近的人们。虽然他总是卖得很便宜，但微薄的收入总算使他的生活改善了一些。

　　有癫痫的女人不能去做生意，她就常常拿一个小板凳坐在男青年的摊子边，帮助他干些小零活。有时，她帮他到较远一些的地方拿铁皮或送打好的烟筒，还帮他到楼上拿工具。男青年说，自己的能力有限，不用特地到集市上去，供附近楼上的居民用就够了。因而他就把摊子设在我们楼下的拐角旁。

我每天下午都在家里写作，那叮叮当当敲击铁皮的声音像音乐一样，成为我写作时的伴奏。每当没有那叮当声传来的时候，我反而感觉不舒服。怎么不响了，是不是没有活儿了？我这样想着的时候，就常常走到楼下去。

有一天，我见他俩正与一个有残疾的中年妇女争执着。仔细一听，才知是因为这妇女让男青年打了一个烟筒歪脖，男青年坚决不收钱。他说："咱都是同命运的人，你挣钱也不容易，我只不过是搭了些力气。"那妇女坚决地放下两元钱说："你更不易，你不收以后我就不找你干活了……"钱一直没收。

我站在他们的一边，目睹着这场争执，男青年十分认真严肃地对我说："这样的钱咱不能收，我们都是不幸的人。"我看到，他说这话的时候，眼里充盈着泪水。

这两个人的小摊，使我们这一片生活区没有了往日的寂寞，小摊的周围常常聚集着一些在附近的楼上住的老人与孩子。不论谁家来了朋友，问起单元号码，他们俨然向导一般，把人领到楼梯口，或者告诉人家找的人上班去了，家里没有人。

每一次下楼经过这个小摊，或每一天下午坐在家中的书房里听着那叮叮当当的声音，我总是有很多感触。这一对残疾人，他们按照自己的方式生活着。他们选择了自食其力，选择了纯真善良。他们不仅没有因自身的残疾而自馁，而让人卑视，反而因善良的心地与行为赢得了人们的尊重。在我看来，这个小摊连同两个残疾人，是我们这个城市中美丽的风景。

希望的灯盏

　　我故乡宅院的东邻，住着一位年龄很大的老奶奶。她的家没有院墙，只有两间极普通的土坯房子，那两扇透了很大缝隙的大门也总是虚掩着。老奶奶一个人住，从来不见亲戚来。

　　老奶奶究竟有多大年龄，连我母亲也说不准。我从记事起就见老奶奶是满头白发。

　　老奶奶总是不停地纺线，而后请别人织布，她的床头箱子里堆了几十匹。她有了空闲就做那种男人穿的布鞋，做好的鞋子都挂在墙上，有几百双了。无论春秋冬夏，她的门从来不关，偶尔出门也不落锁，总是虚掩着。她的房子里另外还有一张大床，总是铺得整整齐齐，像是要等待谁来住，可是又从未见她家里有人来过。

　　我把心中的疑问告诉母亲，母亲说老奶奶在等她的儿子回来。我更加不解，她有儿子，怎么从未见过呢？母亲说她也没有见过，听老奶奶说是让国民党反动派给抓去了。母亲说，都几十年了，恐怕早就死了，可老奶奶不相信。

后来我知道，那是老奶奶唯一的儿子。老奶奶婚后两年丧夫，儿子十七岁时，竟然被抓走了。

老奶奶坚定不移地相信自己的儿子还活着，早晚是要回到她的身边来的。她在自己的整个生命当中注满了这一希望。很多乡邻劝她不要做那些无用的劳动，但她却坚定地保持着自己的希望，把村里给她的最好的粮食都留着，把给她的救济款都存着，她说等儿子回来盖新房，她自己则节衣缩食。

我十八岁的时候，考学离开了故乡。在临别的时候，我去看老奶奶，依然精神健朗的老奶奶嘱咐我的唯一一件事，是到了外面替她寻找她的儿子。乡亲们把这句话当作笑谈，而我却格外重视。我想，正是老奶奶这只心灵的灯盏照耀着她在希望的路上走了这么多年。

这几年，我曾经利用各种机会为老奶奶寻找儿子，尽管我知道这是徒劳的，但我还是尽力去做。

老奶奶依然健在，那只心灵的灯盏依然照耀着她走向生命的远处。

我每次回故乡去，面对这位执着的老人，一种由衷的崇敬就油然而生。一个人，只要在心灵深处，时刻点燃着一只不灭的灯盏，人生的旅程就充满了希望与光明。

远逝的故事

  天色渐渐暗下来，同事们开始整理写字台上散乱的文稿。几个孩子唱着跳着涌进来，找妈妈的，找爸爸的，三四个孩子，这等于更明确地提示我们，下班的时间到了。

  显然是学校又开学了，孩子们满脸的笑容和后背上一个个崭新的书包提示着我。李姐的孩子七岁，已是二年级的学生了。这是一个小大人似的女孩，小小年纪，常常说出一些令我十分惊奇的大人话。譬如有一次，她进来时我们几个正在谈论一个社会话题，她不假思索地说："你们谈得挺投机啊。"引得大家笑了好几天。今天她最先进来。看到她兴高采烈的样子，我问她："小雨，妈妈又给你买新书包啦？""我上二年级了，是大学生了嘛！"她大人似的告诉我，做了一个鬼脸。李姐听到这里插话了："真没办法，去年的一个，今年就不用了。昨天晚上我与她爸爸还说呢，以前我们上学时，一个布包一直用到小学毕业还舍不得扔掉，现在用了一年就要换新的，铅笔盒也要换新的，要穿新衣服，真是没办法了。"

李姐说着，拿出孩子的作业本来检查作业。小雨同其他几个孩子一起把书包放下，然后一窝蜂地到院子里玩耍去了。我整理着散乱的文稿和资料，心情陡然沉重起来。

我并非有恋旧的习惯，但我却一直珍藏着两件物品：一件是上小学时用的书包，那是姐姐用自己的一件旧上衣改做的粗布书包；一件是当时当兵的哥哥送我的军用书包，我上初中和高中时一直用它。我七岁时上小学，家里舍不得用新布做书包，姐姐就用自己的一件旧上衣改做了一个书包。那是一件有着红色与绿色条纹的上衣，当时我看着姐姐犹豫了很久。姐姐拿了几件旧上衣比较着，大概还是觉得这件好看些。不过我看得出来，姐姐是下了极大的决心才狠心剪开的。我当时也明白了姐姐是忍痛割爱，所以书包用得格外小心。有破洞的地方，就让姐姐补一补，后来到五年级毕业时，书包已经被补得面目全非了。也正是那一年，在山西当兵的哥哥给我寄来了一件那种在电影上常见的军用书包！背在身上，把所有的书都装在里面，那份自豪，那份高兴，至今历历在目。

关于铅笔盒的故事就更多了。当时村里有一个赤脚医生，他告诉我们，在收麦的时候去麦田里找那种常见的结白豆子果的植物，找十棵便给一个那种盛针剂的小白盒子。当时在学校

204

里，那是最好的铅笔盒了，谁要是有一个新的，大家都羡慕得不得了。我们就去麦田里找，要找干枯的那种，不要带绿叶子的。有时一个中午能找到几十棵，就可以换几个盒子，足够用两年的。一直到高中毕业，我用的都是那种小纸盒子的铅笔盒。

走出报社，眼前是川流不息的车辆和人群。高耸入云的摩天大楼已成为这座城市的主宰。我蓦然想起乌尔法特的一句话："无论什么人，只要他没有尝过饥渴的味道，他就永远享受不到水的甘甜与饭的香美，永远不会懂得生活到底是什么滋味。"

走在熙熙攘攘的人流中，迎面吹来丝丝凉风，我顿然一悟，面对现代都市中生活着的人们，我是否杞人忧天，抑或是个不谙世事有着城市人外衣的乡下人？我摇头一笑，将自己微弱的影子融进匆匆的暮色中。

意志的力量

我认识这样一位老人，他生命中那种不屈不挠的顽强意志，一直深刻地影响着我。

老人与我同姓，在我们那个村里，按血缘关系还不是太远，按辈分我该叫他爷爷。当时我们在一个生产队，他当队长，因而我喊他队长爷爷。

起初，对队长爷爷的故事，我一无所知。当时我还是个十几岁的学生，他五十多岁，是我们村八个生产队中最优秀的队长。这是当村支部书记的父亲常常在茶余饭后提起的。父亲常说，多有几个这样的生产队长，村里就搞好了。

当时农村几乎没有什么赚钱的营生，但我们生产队却有养殖场、豆腐坊、粉条坊、油坊等一些小项目。这使得我们队里的几十户人家不仅可以常年分到油、粉条、豆腐等东西，而且年终往往可以从养殖场分一些肉和钱。这些东西，其他生产队甚至别的村里都是没有的。这主要的原因是队长爷爷的操劳。在我的印象中，他常常一个人扛着一把铁锨在我们队的几个作坊间转，说说这个指指那个，似乎总是有着用不完的精力。他常常到我们家里来向父亲汇报一些队里的事，有时我在一旁听，大多是一些他的想法和请求村里解决的问题。在我的记忆中，父亲十分看重他，总是称他为队长叔，每次都送他到大门外。

"队长爷爷是一个有着充沛的精力，有着旺盛的活力，不怕困难的人。"记得在小学的一次作文中，我这样评价他。

可是，不久发生了一件不幸的事。队长爷爷唯一的儿子出车祸死了。他的儿子才三十多岁，在粉条坊负责外销方面的事，是在去外乡销售粉条的路上被汽车撞死的。儿子留下了两个女儿，一个八岁，一个两岁。

当时我随父亲去队长爷爷家，只见队长爷爷铁青着脸蹲在门石上。父亲和乡亲们都说了很多安慰的话。队长爷爷始终沉默着，最后站起来对父亲说："儿子没了，咱不能耽误媳妇，我把两个孙女拉扯大。"

回到家里，父亲和母亲依然在谈论队长爷爷的事。父亲告诉我，人一生中最不幸的事有三件，队长爷爷都赶上了。

父亲向我谈起队长爷爷的过去。队长爷爷三岁的时候，父亲就去世了。他父亲去东北干苦工，一去三年，同去的人捎信来，说瓦窑塌了，人被砸死在里面。他的母亲没有改嫁，辛辛苦苦把唯一的儿子抚养成人。按说，他成人了，娶了媳妇，次年生了一个儿子，生活该是好起来了。可是不料，在他四十岁的时候，妻子因病死了。妻子为他留下一子一女，当时女儿只有五岁。

记得当时父母谈论着，全家都流下了泪水。母亲说，世间哪有不幸的事都摊上的啊。

虽然当时我还十分年轻，但我却从内心深处敬重起队长爷爷来。我想，人生当中被这些不幸压不垮的人，该是什么都不会畏惧的。

没有几天，队长爷爷又开始了他一如既往的工作，早起打铃喊上工，看作坊，找父亲议事，只是他的背上多了一个女孩。

今天，队长爷爷依然健在，他的两个孙女一个考上了大学，一个正在读高中。每次回乡，我都会见到队长爷爷，他每天都坐在村口，等放学回家的小孙女。

这些年来，不论我走到哪里，在我的心中，都经常会闪现一位意志坚强的老人那深沉的目光和飘扬在风中的满头白发。

那些平凡却让我们感动

我认识这样的母子二人：母亲八十多岁了，眼睛因老年性白内障视力极差；儿子大约有四十岁，显然是小儿麻痹症使他的一条腿失去了正常的行走功能。

我刚刚认识这对母子的时候，总有很多的同情与不解。他们母子二人，靠什么维持生计？他们怎样完成生活中那些需要人力、需要人手的事？我总有一些想帮助他们的想法，却因不熟悉，自己又经常外出而没有去做。

不久之后的一天，我把母亲从乡下接来住，不料因为母亲的到来，使我对那母子二人的了解加深了。

母亲常在我与妻子上班走后，下楼去街上闲走。下楼容易，上楼就难了。可是，每次我回到家里，见母亲很安然地坐着，便有许多惊奇。说好是让母亲带着小椅子在楼下坐着等我们下班回来扶她上楼的，她自己怎么上来的？母亲说，是一楼的那个残疾人扶她上来的。一种由衷的敬意从我的内心涌出，自己行走尚且不便的一个人，该是以怎样的努力和心情帮助一位老人的？

这样的事常常发生，我总感觉过意不去。有一天我正好见他在楼梯口坐着，就微笑着点头，想表示一下自己的感谢。不料他忙着站起来，说："听大娘说你是报社的，我想问你志愿者协会在哪里，想去捐点款。"当时正在呼吁社会捐款救助贫困孩子读书。

我顿然无语。这样的一个尚且需要帮助的残疾人，还在想着资助别人。我告诉他协会地址在团省委楼上，并说他自己也很困难，有这个心意就行了。

后来，他还是去了。三天以后的晚报上报道了他在志愿者协会捐款的情景。我回来见他在楼梯口拿着一张晚报看。见到我，他说："真不好意思，只捐了十元钱，记者却在文章里几次写到我的名字。"

我了解到他在一家工厂做工，工厂已经几个月没有发工资了。他是从母子俩的生活费中挤出了那些钱，去捐助的。从我住的小区，要上一个大坡，下一个大坡，再上一个大坡，才能到达比较平坦的街区。他是骑自行车去的。本来公交车可以直通到团省委附近，可他没有舍得花一元钱坐车去。我的脑中，想象着他艰难地骑车上下坡的情景。

了解越来越多了，彼此增加了很多的信任。一天散步的时候遇到他，他对我说："咱这栋楼的东面是兴济河，最近河对岸的一家公司天天往河里倒建筑垃圾，到了雨季排洪就难了。这条河是济南南部的主要排洪河道，应该找人管管这件事。"

　　我跟随他走到河边，果然如他所说，河中已经堆满垃圾，岸边的树都已被埋死了。

　　面对兴济河，面对他的发问，我得到的更多的是心灵的震颤。这样一个本来需要社会帮助的人，却在想着社会的公益事业，想着解决社会中那些不良的行为，这是我们这个社会中多么宝贵的公民意识啊！

　　这对母子一切如常地生活着，过着比较困难的日子，却又以良善的心境从容地走着属于他们自己的人生道路。他们是这个大都市中最平凡的人，却又有着我们许多自命不凡的人所不具有的美德与心境。

希冀与无奈

一大早，吴大姐就带着她九岁的女儿娜莎敲开了我的家门。

我正沉浸在写作氛围中，思绪还飘荡在故乡清新翠绿的山岗。

吴大姐看到我那写字台上零乱的一沓文稿，就对娜莎说："看到了吧，你鲁叔叔每天早起床写文章，每天让你晚上学习你就闹着困，早晨喊你又不起床，怎么考大学！"

吴大姐矢志要把女儿培养成为女作家、音乐家、画家。娜莎几乎成了她生命的全部内容，娜莎的饮食、穿着，每一天的时间分配利用，接送去学校，她都很精细地计划好了。她还从山师大中文系、音乐系、美术系分别请了三个家庭教师。

吴大姐打量着我的书房，不时地把自己的许多感受告诉娜莎。可是，我并未觉察出娜莎有丝毫受启发的迹象。九岁的娜莎目光茫然地看着我的那些手稿、书籍和我那双发红的眼睛，一句话也没说。

　　吴大姐坚决邀请我们中午去她的家里做客，顺便帮娜莎看看作文和语文作业。而后，吴大姐就带着娜莎走了。

　　回转到自己的书案前，我重新开始创作。我正写到自己天真烂漫的童年。这几年来，我越来越强烈地感受到，那无拘无束的少年时代，故乡那淳朴宁静的生活，成为我现在写作的不竭之源。我的父母都没有文化，我少年时代印象最深刻的是他们每日起早摸黑地为家庭生计奔忙，从未给过我半点约束。我以自己的目光和双手认识、感觉着最初的世界和最初的人生。而恰恰是那种生活，成为我今天的巨大财富。我清楚吴大姐请我们去做客的真正用意，可是去了之后怎么做呢？我不好给吴大姐说清我的观点，可是，这样下去，娜莎将成为一个什么样的孩子呢？一切都给她安排好了，她一切都得按妈妈说的去做，那么她自己呢？她的天赋，她的个性，她的兴趣，而这些又恰恰是人生中很重要的一部分，都被妈妈的安排轻易地扼杀在了摇篮里。

沧桑仕途

1983年刚上大学时，我与同住一室的大个子十分相投，我们都十八岁。我痴爱着文学，而大个子醉心于仕途。尽管我读着托尔斯泰、泰戈尔、莫泊桑，大个子读着拿破仑、铁托，但那种欲达人生最高点的共同理想使我们在彼此的心中产生了巨大的共鸣。

那个美丽的目标强烈地诱惑着我们。大个子常常情不自禁地握着我的手说："我们年轻，什么都可以做到。"我信然，心潮澎湃。

毕业了，我们在火车站分手，分别要去另外两个城市。没有眼泪，大个子的双眸燃烧得如火焰一样炽红："十年以后，北京见。"大个子握着我的手，与我相约。

五年以后，我从刚毕业时去的那个城市到了另一个大城市，大个子依然在他去的那个小城奋斗。他换了一次工作。他为我送行，眼中光芒四射。他说："我们只有五年时间了，我们虽然都走了一大步，但依然任重道远。"临别，大个子叮嘱我："别忘了那个约定，趁我们年轻，抓紧努力。"我点头，昂首远行。

又是五年过去了，我们都到了而立之年。我们都接到了邀请，共同到母校参加毕业十周年的同学聚会。

大个子似乎老了许多，目光里有一种沧桑的悲凉，表情中掺进了些世俗与无奈的东西。他身上原有的那些蓬勃朝气，那些锐利的思想，那些压抑不住的进取意识，似乎在这五年中烟消云散了。而四平八稳、处变不惊的形象则时刻充盈在他的目光中。

夜晚，我们去了学校那个美丽的花园。我们曾无数次在那里仰望美丽的星火，憧憬自己的未来。

大个子说："当初定的目标太高了，我们都是平凡的人，已经不年轻了。"我听着他的话，沉思无语。

大个子又回到了他毕业时去的那个小城，在返程的火车上，我依然想着大个子。我没有料到，短短几年，就把一个血气方刚的人彻底改变了。虽然，他只不过是刚到而立之年，正是年轻之时，但他却在自己的生命中过早地注入了苍凉的暮气。

这次聚会，去北京的梦想，大个子说都没说。

自信的力量

一个人如果拥有了坚定不移的自信，便拥有了人生的一切希望。

那是一次极其偶然的经历，但它却几乎改变了我整个的人生观念。

那是一个深秋的傍晚，我在参观完沂蒙山区的一座秀丽山峰之后沿着崎岖的山道下山去。太阳已经隐藏在了山的后面，淡淡的雾岚飘荡在周围。我正攀扶着乱石树枝往下走，忽见前面有一个背负着一大捆树枝的人正艰难地挪动着。我加快了脚步。这是一段很难走的山道，有时乱石横在小路中间，有时两边的树枝缠在了一起，有时就没有了路，只好摸索着往下走。在这样的山路上，我一人什么东西都不带还是要小心翼翼地走，而那人却是背着那样大的一捆东西，该是不轻松吧。我努力赶上去，想帮他一把。

待我走到他的背后，我不禁愣住了。这是一个残疾人，只有一条腿，支撑着整个右半身体的，是一根粗粗的木棍，背上的一大捆柴，有树枝，有腐烂了的树干，足有几十斤重。

我的心中顿生出许多的苦涩与悲凉，一个残疾人，爬上山来砍柴，他的生活一定是非常艰难的，而且，他的家庭肯定也是不幸的。

我在农村长大，背这一捆柴是不成问题的。我略一沉思，走上前去说："老乡，我帮你背吧。"说着，我就扶住了他，想帮他把柴从背上拿下来。

不料，他停下来制止了我。我们相对而视，我心中的惊诧更添了几分。这是一张充满着自信与坚毅的面孔。他看起来有三十多岁，中等身材，脸色黝黑，双目中透射着坚定的光芒。

他对我说："你为什么要帮我？你比我有力量吗？"

我愕然了。是的，我要帮助他，我比他更有力量吗？

"可是……"我说着看了看他的腿。

"我是少了一条腿，但这并不说明我就需要别人的帮助，我自信不比你差，不信我们往前走就是了。"

他说完就转身继续往下走。那充当了右腿的木棍，不时发出与石头碰撞的声音，清脆而深沉。

我什么也没有再说，紧跟在他的后面，看着他那个庞大的背影。

天色已经暗了下来，我们也慢慢接近了山下的平坦小路。跟着他，我渐觉气喘吁吁了，而他，依然是那么不紧不慢地往前走着，那根木棍不时传来清脆的声响。到了平路上，他的步子更快了，木棍与路面撞击的声音也更响亮。我们两人的距离越拉越大。后来，他的影子渐渐消失在远处的暮霭里。

我们所缺少的，往往就是这种人生的自信，这种源于自信的人生勇气。

人的力量是最具张力和弹性的，只要有了自信，一切的艰难困苦，又算得了什么呢。

超　越

　　在我的心目中，父亲一直是严厉的，不苟言笑，目光如剑。但在我的记忆中，父亲却从未打骂斥责过我，即使是我做了错事。在我所有的人生关口，父亲总是用他那锋利的目光注视着我，告诉我：别人能做到的，我的儿子做不到吗？

　　这句话，是父亲对我所有教育的内涵。在我七八岁的时候，学校搞勤工俭学，要求所有学生每天下午去田里割青草，一次要交五十斤以上。谁交得多，学校就发放奖状。学校一个星期评比一次，第一次评比我没有得奖，很不高兴地回家告诉了父亲。父亲很长时间没有说话，后来问我，谁得了奖。我告诉了父亲。父亲说："你觉得你不如他吗？"我立刻就说："不，我一定比他强。"父亲说："下一个星期超过他。"下一个星期，我到离村子较远的地方去，那里青草多，每天都割满一大筐才回来。全校评比，我得了第一名。

二十世纪八十年代初，我高中毕业参加统考。我所在的高中是所农村中学，而且往届生很多，当年我落榜了。尽管往届生多，学校升学率低，这些都是充足的理由，但我仍然觉得无颜面对父亲。我走进家门时，父亲坐在院里那棵枣树下，吸着烟，脸色暗淡。我对父亲说，明年我考高分，上好学校。父亲一言没发。但是，我却从父亲的目光中看到了熊熊燃烧的征服者的火焰。

一年后，当我拿着全校最高分的通知走进家门时，父亲依然坐在那棵枣树下，吸着烟，面无表情。父亲已从广播里知道了消息。良久，父亲告诉我，考上大学的都是人才，在大学里当尖子就难了。我即刻从狂热的兴奋中冷却下来。我明白，父亲对儿子的要求不仅仅是考上大学。

随着时光的流逝，我读的书多了，对于历史、文化、人生也有了自己独到的理解，但是，父亲的这个思想，这个要超越自己的人生境界却一直深刻地影响着我，鞭策着我，启悟着我一步一步走向人生的高处。父亲没有文化，一生没有离开我们那个偏远的小村子，但是在我看来，他那一生不变的教子哲学，却充满了理性的光辉。

卖豆浆的孩子

在我居住的小区门口，有一个天天早晨来卖豆浆的少年，这个孩子有十一二岁的样子。他在这个地方卖了多少天了，我不得而知。我只是知道从我不久前搬到这里来住，每天早晨的六点钟开始，这个少年就在小区门口吆喝他的鲜豆浆了。

最初发现这个卖豆浆的少年，我以为大概是孩子的父母正巧这几天有什么事，让孩子代替几天罢了，也没有过多注意。但是，时间一天一天地过去，楼下吆喝鲜豆浆的声音却一直是这个孩子。我本来并不太爱喝豆浆，但一种好奇心驱使着我听到那熟悉的童声就出了家门，我实在想了解个究竟。

那时买豆浆的人很多，只见他很用力地用那个很大的铁皮瓢一下一下地从那个大塑料桶里往外舀清水添到豆浆机里，又很熟练地在豆浆机的出口用塑料袋接豆浆。五角钱一份，他很熟练地算账、找钱、舀豆浆，有条不紊。盛清水的塑料桶有一米多高，放在一辆三轮车上，因而当卖去一半多以后，再舀，他的臂膀就不够长了。这时候，他往往就将半个身子趴在桶边上。

我的心中有很多的疑问和不解。在当今这个时候，这么小的孩子，应该是早晨起不了床，被父母吆喝起来吃早点去上学了，而他却早早地在这里卖豆浆了。他一定有一个不同寻常的家庭，有着许多同龄孩子所没有的经历与背景。我总想找个机会与他攀谈，但每次看到他都忙忙碌碌的，又不忍心打扰他。

这一天，下了小雨。但是，孩子的吆喝声依然准时传来。我从家里走出来，发现他依然像往日一样站在小区的门口磨着豆浆。买豆浆的人很少，等我走到的时候，就剩我一个人了。我趁着没有人，就问他："你爸爸妈妈呢，怎么天天就你一个人？"他回答说爸爸妈妈在另外两个地方卖。我又问："你卖了多长时间了？"他说一年多了，从十岁开始就卖。

看着面前这个孩子，我心里很不是滋味。十岁，他就开始为生计而早起忙碌了。他不是短短的几天代替父母，而是承担了家庭中谋生计的一份责任。或者说，他从十岁开始就有了一种职业。

我问他："你卖豆浆不影响学习吗，起这么早？"他说没事，卖完了再去，在班里还是最早到的呢！

这个孩子生得虎头虎脑，极壮实，很精神，两只眼睛亮而有神。他已经没有了一个十一二岁孩子身上所有的那些稚嫩、娇气，而平添了一些成熟、一些老练、一些骨气。而且，我还看到了一种生的勇气与坚强。

当时小雨一直在下，他的头发和一件小背心都被淋湿了。这个时候走过来一个领孩子去上学的女人。那孩子穿了一件夹衣，女人给孩子打着一把美丽的伞。那个孩子也是十一二岁的年龄。

站在两个孩子之间，我不由自主地摇了摇头。这个妈妈陪着的孩子现在是幸福的，但这个卖豆浆的孩子呢？我无言以对。

后来，我听别人讲，这个孩子的父母原来都在一个工厂里上班，因工厂停产而失业了，就做起卖豆浆的生意。

每天见到这个卖豆浆的孩子，我的心里便有许多苦涩的东西在流淌。他天天早上六点钟就在我居住小区的门口响亮地吆喝着。这个声音成为这一带居民生活中的一部分，大家听了后或者起床买早点，去上班，喊孩子起床，或者去做生意。而我，也总是在听到这个清脆的声音之后，合上正在读的书或停下手中的笔，走出家门，吸纳新鲜空气，驱除一夜伏案的劳累。

我总这样想，这个孩子今天卖豆浆的经历，一定是他将来人生的一笔财富。

文明与抚摸

公共汽车行至一个站口时，上来一个中年妇女和一个十岁左右的女孩。中年妇女衣着入时，气色有些高傲；女孩漂亮文静，扎着小辫子。

车上人多，很挤，两人就站在了门口。到了下一站，一个戴眼镜的青年匆匆上了车。青年西装革履，举止文雅。因已无法到车的里面去，青年就站在了车门口。青年与前一站上车的中年妇女和小女孩站在了一起，那女孩就紧挨着青年。女孩穿一身天蓝色学生装，戴着中队长标志，显然是个优秀的小学生。

小女孩抬头看了看刚上车的青年，大约是太挤的缘故，便使劲往中年妇女那边挤了挤，挤出一点空隙，又抬头向青年很友好地笑了笑。

青年侧转身，也很友善地笑了笑，同时抬起左手抚摸了一下小女孩的头顶。

此刻我站在一旁，感觉自己处于一种文明、祥和、友好的气氛之中。不料，突然间，那中年妇女大发雷霆起来。

"你是什么人，你认识她吗？看着文绉绉的，一肚子花花肠子！流氓！回家摸你自己女儿去！"

那中年妇女脸色顿然紫红，对着青年连珠炮似的不停地骂着。

青年极其尴尬，脸色也顿然变得大红。他似乎想申辩什么，又无奈地摇了摇头。

小女孩一脸恐惧，刚才脸上的欢乐与友善一扫而光，畏惧地看着中年妇女，又似乎歉意地看着青年。

我最后走下车。被这场激烈的单方舌战惊得目瞪口呆的人们疑惑了一路，也都下了车消失在楼群之间。

无奈的谎言

每一次到火车站，都会遇到那位领着一个小女孩讨钱的老太太。

老太太满头白发，穿着并不十分破旧。小女孩有十几岁，瘦瘦的，穿一身质地极差的红衣服。每一次，老太太都是这么说："行个好，给一块钱，带着孙女来看病，没钱回老家了。"

我知道她是天天在这里的。而等车的人们当中，也有许多人多次遇到过她，因而不少人对她说："上一次就要钱回老家，一个多月了，还没走啊。"听到这话，老太太便立刻极快地拉着小女孩走到远处去了，满脸的窘迫。

她们每一次到我面前的时候，总有一种莫名的酸楚在我的内心深处流淌。那稀疏零乱的白发，那满脸刀刻斧削的皱纹，那一双浑浊无光的眼睛，还有那一个木呆呆的小女孩，我难以把她们与骗子联系在一起。我有时拿出一元，有时拿出五角递到那双干瘪的手里。她总是会说一句"保您一路平安"，而又让小女孩立刻跪下叩头。

我无法知道这老太太与小女孩的身世，我也知道她所说的那要钱的因由肯定是句假话，但是我想，她们一定是遇到了以自己的能力难以克服的困难。或许老太太死了儿子、走了媳妇，剩下唯一的孙女，或许是一个孤苦的老太太捡了一个被遗弃的女婴，于是老太太在别无他途的时候想到了这个最无奈的办法。老太太的话是句谎言，但她一定不是骗子，我这样想。

拾荒老人

那是一个飘着蒙蒙细雨的傍晚，我拎起垃圾袋下楼去。垃圾台就在楼后不远的拐角处，有三米多高。阶梯是用简易的铁皮和角铁做的，很陡，也很窄。

我手提垃圾袋走到垃圾台边，抬头见有一位老人也站在那里。老人瘦瘦的，高高的，给人一种衰老的印象。老人的脚边放着两个塑料袋。我断定老人也是住在附近的楼上，是来倒垃圾的，因为雨天阶梯太滑，上不到垃圾台上去。于是，我说："老大爷，我替你带上去吧?"

"不用，不用，你自己去倒吧。"他不容置疑地说，脸上没有一点表情。

我没有考虑别的，就弯下腰，边准备拿那两个袋子，边说："不要紧的，老大爷，我顺道给你捎上去，太滑，你不方便。"

"这不是垃圾，是我捡的废品。你快去倒吧，等一会儿垃坂车就来了。"他说。我顿然大悟，再仔细看那两个袋子，果然一个里面是破塑料袋、破纸壳，一个里面是些饮料盒什么的。

我很不好意思地点了点头。离开垃圾台的时候，我回头看到老人慢慢地爬上垃圾台。

有一天，我见到一个推着平板车的废品收购者叫喊着来到那个垃圾台边。老人站起来对着那人点了点头，看样子两人已经不是第一次见面，不用谈价格，不用讨价还价，那人拿过秤就称，总计卖了四元五角钱。收废品的人又到别处叫喊去了，老人依然坐到那块石板上，点燃了一支烟。

我不知这位老人从哪里来，但我却从内心深处生出几许尊敬。他也许很不幸，没有子女，没有养老金供自己安度晚年。但他却没有走上街头，靠别人施舍和社会的资助，而是靠自己的一双手和淡然的心境，延伸着自己的生命。

这个小区的很多人都知道了这个老大爷。有时候，许多倒垃圾的人顺手把能换钱的纸壳饮料盒子从袋子里拿出来放到那块石板上，老人就笑笑。有时候几个人就站在老大爷周围聊天，聊天气、新闻、小区的事，老大爷俨然已是小区的一员了。

漫溢在生命中的茶香

　　那是一碗普普通通的用开水冲的鸡蛋茶，里面放了些红糖、香油，这在今天，常常是早晨应急的汤水。但是，我却在生命最需要的时刻享用过它。大病几天，无人过问，身边连一碗白开水都没有，这个时候突然有一个人端了一碗冒着热气、飘着沁人心脾的香气的鸡蛋茶，来到你身边，这碗茶怎能不胜过百剂良药？

　　那是 1982 年 6 月，天热得像一个大蒸笼。再有二十天就要上考场的我们，心中的热度，几乎就要沸腾。我所在的嘉祥二中，是个农村中学，教室还是那种老式瓦房，通风不好，又无电扇，六十多个同学挤在一间教室里，一向身体虚弱的我终于抵抗不住，病倒了。

　　同学们把我扶到宿舍休息，又都返回教室了。还有二十天就要大考，寒窗十年磨一剑，这个时候的每一秒钟都是无价的。宿舍里是那种水泥板通铺，一人一块一米左右的位置，就是我们的床了。宿舍所有的窗子都用砖封死了，没有玻璃，为防止进雨水，就干脆不要窗户了。只有一方门洞射进一些光亮。我的床在最里面，因而即使是白天，我这里也是黑漆漆的。宿舍内一点声响也没有，我静静地躺着。我感觉自己被烧得迷迷糊糊，头热得难忍，喉咙干燥，整个身子如飘在空中那样虚脱。学校距我家有十多里路，我不忍心让同学牺牲这么多时间去通知我的家人，我就硬挺着。我心中想，挺几天也许就过去了。中午和晚上的时候，同学们回来，给我带些水喝。宿舍里没有热水瓶，而平时我们也是不喝水的，只有在吃饭的时候，才会抬一大木桶开水喝。

第三天，我还躺在宿舍里。我感觉病得更加严重，前两天还能靠回忆温习功课，现在只觉脑中一片空白，迷迷糊糊，只想喝水。我艰难地侧转头看向门口，想在有人经过的时候喊住他，给我送一杯热水来。可是，一直没有人在门口出现。

我感觉头就要炸了，嗓子眼里就要有烟冒出来。

上午十一点，朦朦胧胧中有一个小女孩的声音传进我的耳鼓。我以为是幻觉，没有睁眼。突然那声音又响了，轻轻的，温柔的，甜甜的。我确切地听到了是喊我的声音。我挣扎着侧转头，睁开干涩的眼睛。是雪芹，我的历史老师王继安的小女儿。这个小女孩与我们班的每一个人都熟悉，王老师教历史课时，她就趴在窗台上静静地听，上自习时，她经常在教室课桌间穿来穿去。

"哥哥，爸爸刚听说你病了，给你冲了鸡蛋茶，你快喝了吧!"小雪芹说着，把一只那种我们在学校常用的瓷缸端到我的面前。尽管我有些鼻塞，但还是闻到了那股醉人的香气。雪芹打开缸盖，那香气顿时溢满了整个宿舍，而我那病了几天的神经，也顿然振作起来，眼睛也突然明亮起来，脑中也清晰起来，觉得体内有些力量了。

这个时候，王老师走了进来。"快喝了吧，喝了就好了。"王老师说。我知道今天是星期四，星期四上午有历史课，他是看到我不在教室问了同学们才知道的。当年王老师五十多岁，丧妻多年，一个人带着小女儿住在学校里。他虽然不是我们的班主任，但他却常常过问、关心我们。

看着王老师和小雪芹，我的泪水流下来，流进那香气四溢的鸡蛋茶里，又流进我干渴的肺腑。

王老师还给我带来了药。次日，我的病便好了，我重新坐在教室里。我知道，我的病，好的原因不是药，而是那碗鸡蛋茶。

十多年过去了，王老师更老了，小雪芹长大了，但那个灰白头发的老师和扎着两只小辫子的雪芹却成为我心灵深处最珍贵的藏品。那碗鸡蛋茶的芳香，也一直在我的人生旅途上漫溢着。

老　陈

那是1985年的夏天，我刚刚毕业被分配到机关里。机关里有几十位新来的学生，大家都是单身，一到晚上便都齐聚到一起，下象棋、看电视、读报纸、打扑克，各取所好。

这中间，常常有一位五十多岁的人，或指点着青年人一两步妙棋，或看电视、读报独处一隅，默默地注视着这些无拘无束的年轻人，默默地打发着时光。后来我知道他是能源办的一个老干部，单身一人在这个大院里工作了很多年。他满脸皱纹，像久经风雨的老榆树皮。他的个子不高，有点儿驼背，瘦瘦的，像个农民老大爷。他的衣着总是很随便，头发也很凌乱，胡子拉碴的，大家对他都没有那种对长者的尊敬，一口一个老陈地开他的玩笑。有时，这搞得他很难堪、很狼狈，但他也不怨怒，只是漠然地笑笑。

机关大院里的老干部很多，但大家在家属院里有自己成套的单元房，只有老陈几十年一贯制，一直住在机关最里面的一片红瓦房里。那是单身青年们的住地，老陈自然也成了这个区域里的调味品，见了面，张口老陈，闭口老陈，玩笑戏谑，不当回事儿。

有时，机关里一些与老陈同龄的人也开他的玩笑，而老陈依然像对付年轻人一样一笑置之。

一天傍晚，我吃过晚饭散步到老陈的门口。门没有关，老陈正独自在那张小方桌上吃饭，一种好奇心促使着我走进了他的门。尽管，我分明感觉到了老陈并不欢迎我。我坐在他那零乱不整的床沿上。唯一的家具是一张三屉桌，其他全是纸箱子，整整一排，足有二十个。

老陈依然吃着饭，似乎我并不存在。我也不客气，很随便地翻他的东西。桌上有一本老式相册，我愣住了，一页页大都是海军军舰和海军军官的合影照片。更多的是一位海军军官站在军舰上乘风破浪的英姿。还有几张照片，是那位海军军官与一位漂亮小姐的合影。"老陈，这个军官是谁?"我问。良久，老陈说："在我这里放着，还能有谁?"照片都已泛黄，我仔细辨认，尽管岁月的沧桑几乎使老陈变了一个人，但老陈的脸上依然还是有那海军军官的影子。

那一天，我在老陈的家里坐了四个小时。原来，老陈曾是一个舰队的中校舰长，那时他只有三十四岁。后来，他到这个并不是他故乡的地方，在十个乡镇工作过，再后来被调到了这个大院里。在朦胧的灯光中，我平生第一次感受到岁月的沧桑和人生的离奇。从那以后，我见到老陈不再开玩笑，表情也难有往日的自如与轻松。

我们对于身边一个个普通的人，对于这个世界，对于茫茫人间，能了解多少呢？一个看起来十分落魄的人，我们却不知道他的人生曾经这样鲜亮过！每个人都有过辉煌与荣耀，只不过我们总是轻易地忽略了。我们更多地关注着自身，从自身去品评他人，也正因为这样，我们才轻易地伤害了许多不应伤害的人。

也许，我们现在正有着鲜亮的人生，可是，我们能够保证自己的人生永远鲜亮下去吗？也许，我们的人生正陷入落魄的逆境中，可是，我们同样可以这样想，过不了多久，我们也有鲜亮的机会。

享受足球

如果是在 1994 年之前，朋友给我出一个有关足球的题目，我真的是一知半解。那个时候，对于足球，我几乎一无所知，不要说范志毅、王东宁、宿茂臻等为何方人士，就是甲级联赛、乙级联赛等起码的有关足球的大路新闻也知之甚少。

但是，从 1995 年起，我开始关注足球，了解足球，爱着足球。到了 1995 年的下半年，朋友谓我已是个名副其实的球迷了。

其实，我还不是一个真正意义上的铁杆球迷。比起那些在比赛现场挥泪如雨，大冬天光着膀子手舞足蹈，拿着一面小旗子如痴如醉的球迷，我最多算一个足球关注者。尽管如此，我却觉着足球给予我的享受与快乐，已成为我人生的一种福分。

因为，足球成了我生活的一部分，使我的日常生活，多了一个丰富而别致的层面。那些激动人心的、催人昂扬的、令人动情的、毫无顾忌的大痛大快，在我的生活中似乎早已消失殆尽。但是，足球，确切地说是甲A联赛，却给我的心灵洞开了一扇激情的门扉，我顿然感觉到了自己内心深处沉默了许久的那些躁动、那些激奋。而这种感觉，使我意识到我的心灵依然年轻。

足球，给我的生活增加了更浓重的色彩。每个周日的下午，无论有多么重要的事情，我都会毫不客气地放手，或亲临主场，或坐在家中的电视机前，静静地等待着那个时刻的来临。比赛开始前的半个小时，我感觉到了高考前的那种心情，激动、紧张、喜悦。而看完比赛的次日，我必定会找朋友大谈昨天的感受，哪一个球好，哪一个球臭，看哪一个队的名次有变化。我更关注泰山队的名次，泰山队胜一场球，我比拿了奖金更高兴。

即便是外出采访，星期天不能返回济南，我也一定告诉陪同的同志，下午的足球一定要看。去年有一次，我住在沂蒙山区，上午出去采访，下午实在赶不回住的宾馆，就在采访的一个农家里看了一场。陪同的同志大惑不解：足球有这样的诱惑力？

是的，足球是一个热血男人生命中的一个重要部分，是人生的享受。

废墟上的灵光

一

在故乡苍苍茫茫的群山野草中间，隐藏着一处庙宇的废墟。庙宇的主人是汉代的一个执金吾丞。自北宋以来，一代代文人墨客沿着那条蜿蜒的乡间小路，来到这片逶迤的崇山峻岭中，捡拾落满了历史尘埃的民族记忆。

废墟的确切称谓是嘉祥武氏墓群石刻。它本是东汉末年一组墓地上的地面石刻建筑和装饰，包括一对石阙、一对石狮、两块石碑和四十多块汉画像石。至少到北宋时期，这些绮丽的石刻画像还完整地耸立在地面之上，享受着武氏后人绵延不绝的香火承奉。

发掘只是近代的事。发掘之前这里一处是野蒿黄土乱石瓦砾，一处为世人所遗忘了的废墟。尽管北宋、明、清皆有不少史家注意到它，也只是零星地整理了极小的部分。废墟坐落于嘉祥县城南十五公里纸坊镇武翟山村，山名、地名均冠以武氏，足见当年武氏一族的煊赫之至。可是到村中寻访，却再也没有一个武氏一族后人了，方圆数十里也没有武姓的踪迹。

武氏一族缘何余脉断绝，史家争论不一，当地也有种种不一的传说。我漫步在断壁颓垣、青苔茵茵的废墟中，一种莫名的感觉在胸中奔涌。历史是民族的历史，一个王朝，一个王者，一代英雄豪杰，都只是漂泊在历史长河中的浪花。

二

在我幼年的时候就听乡人说，那片废墟是皇陵，是埋葬大官的地方。我常常从残破的石头中爬到里面，阴森的氛围常令我不敢踏进去看那些零乱的石头中露着的花纹。那些花纹非常奇特，有人物，有花草，有马车，有树木，有鸟虫。有的是端庄的官员，有的却是搏杀的战争场面。当年我看不明白这些东西所蕴含着的丰富内涵。有时觉着好玩，便拿了软泥去上面翻印精美的图案，卖给城里的孩子。

但当我走出了那片黄土地，又从一个学府走回，再踏上那片雄浑苍凉的土地时，置身在废墟中间，我却一次次被强烈地震撼了。遥远的历史呼唤着我，昭示我一步步走近它。

最早记录它的是北宋欧阳修。他在《集古录》中做了这样的判断："右汉武荣碑云，君讳荣，字舍和……执金吾丞，孝桓大忧，屯守玄武阙，加遇害气，遭疾陨灵。其余文字残缺，不见其卒葬年月，又不著氏族所出。惟其碑首题云《汉故执金吾丞武君之碑》云。"后来其子欧阳棐在《集古录目》中又做了进一步记载。而第一个考证翔实的当是北宋末年山东诸城人赵明诚。他在《金石录》中记载有武班碑、武开明碑、武梁碑、武英碑、武氏石阙铭和武氏石室画像，基本上较完整地整理了武氏祠的大部分地上石刻画像。宋以后又出现了一些有名的研究家，研究队伍绵延有人，研究成果也洋洋大观。

三

武氏汉画像大致分为三类：社会现实生活；神话故事、奇禽异兽；历史人物。在第一类图画中，有人物拜谒、会见，车马出行，杀鸡宰狗、汲水和面、烧火做饭的庖厨，武士斗剑，军事战争。其中的车骑出行图则准确地刻画出了当年武族人的政治地位。据《续汉书·舆服志》记载，不同等级的官吏，使用相应的车骑服饰。二千石以下之官仅能用一辆马车，二千石以上至万石丞相、五公贵族可用二至四辆马车，天子用六辆马车。而对于前导后从的车马，车前开路的布卒，带剑骑吏的数目，都有严格的区分。武氏祠画像与史书记载完全吻合。而前石室中的"水陆攻占石像石"，画的上部以长列车骑，下部中间有一座桥，一辆主车在桥正中，五辆属车分列两边，以榜题予以标明，恰是汉时车战的生动写照。

在武氏汉画像石中，庖厨图占了较大的分量。图上一般都刻一个带烟筒的灶，灶上置甑，有人在灶前烧火。灶旁的壁上则挂着猪头、猪腿、剥好的兔、杀好的鸡鱼，另一边有人在井边提水，在立柱上杀狗。而有一幅庖厨图与一高楼相连，男女主人分别坐在二楼和三楼上，仆役们用方案或图盘托着碗、盒、耳杯，通过楼梯，递饭菜到主人手中，伺候主人用餐。当年的武氏家族动用人力制作这些画像埋在墓室之中，或许是为了让富贵的生活永世流传，或许是为了给后人留下美好的历史。但不论哪一种可能，通过这几十块普通的青石，集汉之前文化之大成，武氏族人的功德是无量的。

而神话故事、奇禽异兽类则是武氏祠画像中极为精彩的部分，刻画着许多汉人所想象的仙人、神禽、怪兽的艺术形象，如西王母、东王公、八头人面兽……这些神话反映了当时人们对自然现象的想象和上古久远的传说。有一幅图刻画了一辆雷车，由彩云作轮，几个肩生双翼的仙人用绳子拉着。车上置两面鼓，一个女装的雷神手执槌不断击鼓，鼓声代表了隆隆的雷声。雷神后面，一个足踏云彩的仙人张着大嘴代表着刮风。这幅图极其形象地再现了汉代人对于大自然的认识。通过一面石画，涵纳了这样广博的内容，足见汉时的艺术造诣之深。

西王母是汉代传说中的主要神仙，在武氏祠画像中占有重要的位置。有一幅图是西王母与东王公相会的画面。图上方的天空部分堆满了复杂的云彩，云中有许多肩生双翼的仙人。西王母和东王公在车上端坐，周围各有一些侍奉的仙人。《神异经》说西王母乘大鸟会见东王公，《汉武帝内传》说西王母乘九色斑龙车从天而降，均与武氏祠画像完全不同。

武氏汉画像中的人物画像相当多，其中有传为人类始祖的伏羲、女娲，有三皇之一的祝融，有黄帝、颛顼、尧、舜、禹，还有恶名昭著的夏桀。而关于夏桀的一幅图极其精彩传神，夏桀坐在两个妖艳的女子身上，将其恶贯满盈的形象生动地刻画出来。图像中有齐桓公、秦王嬴政等各路诸侯豪杰，有董永、闵子骞等孝子，有荆轲、专诸等忠臣义士，还有京师节女、齐义继母等烈女。汉前大多数的历史人物、神话传说都一一在此登坛拜位，或褒或贬，各领风骚。更让人击节而叹的是荆轲刺秦王的画面。画面正中是秦宫立柱，柱子中段插着一把匕首，秦王神色慌张，撕断袖子逃脱。匕首左边是荆轲，已经受伤的他虽然被两名武士死死抱住，但依然双手高举，头发直直向上方挺出，正是"怒发冲冠"的形象。这是一个极其短暂的瞬间，却被雕刻家果断地抓入画面里。

"画像古朴，八分精妙。"目视着这些石像中石刻人物怡然悠闲的神情，我在惊叹设计者和画匠的博学与绝技之外，又为这些人物而庆幸，为辉煌的中国古代雕刻艺术而自豪。这些亘古不变的石头，深埋于地下，为一代代史家学人提供了一个洞穿古代文明的窗口。这个无可比拟的功绩，恐怕是当年的设计者和那些石匠们所始料未及的。

四

站在这片雄浑苍茫的土地上，走进这座深藏着一个民族历史的废墟小院，举目眺望周围苍翠的群山，抚摸着一块块标志着民族兴盛和衰落的碑刻，我周身处于一种庄严沉静之中。那些久远的凝固了的岁月，那些被岁月积淀而成的历史，都跳跃着向我飞来，我自己在这瞬间仿佛也融进了滔滔不息的历史长河中。

汉代是我国历史上空前强盛的朝代，人们在汉代大一统的封建王朝长期休养生息。而武氏祠所在地鲁西南嘉祥县"春秋为弦歌旧地，文学蔚集，名哲踵出"，离孔孟故里仅百里之距，距曾子故里不足十里，孔曾之徒遍布乡里，文人墨客不计其数，汉画像石这样宏大的文化遗迹的出现就是必然的了。

生活哲理篇

生命是短促的，生命的毁灭不
会留下丝毫烟尘。

但是，思想，强有力的思想光
芒，将会使人永生。

宽　容

　　宽容是一种久经人生历练，尝受了人生大悲之后的超然境界。

　　自己犹如大自然苍茫原野中的一株小草，孤独无助而弱小，面对漫长旅程中的风风雨雨，断枝跌倒甚至几遭生死之劫，都是人生的必然。一个时期出类拔萃，没有必要骄矜不驯，在另一个山头上或许此刻有更灿烂的花朵。一个时期处在了阴黑的寒冷之中，也没有必要丧失人生勇气而一蹶不振，因为路总有不平的时候。

　　人生中重要的是对自我的宽容，宽容地对待自己的过错，宽容地对待自己的成功，宽容地呵护自己的生命。

　　更重要的是对他人的宽容。一个人只有具备了这种宽容，才能够成为别人的朋友，才能够在扰攘的世间与人同处，才不会孤独如黑夜的灯盏。每一个人都有自己的独特的思想空间，有自己的独特的处事方式，有自己的隐私，有自己的喜怒哀乐。学会了容忍别人的缺点，学会了赞美别人的优点，学会了借鉴别人的长处，学会了求同存异，人生中或许便有了和谐、快乐、友善，没有了孤独、尴尬、恶痛，这是宽容的境界带来的人生超然。

我们的生命只是漫长的人类生命进程中的短暂一瞬，犹如稍纵即逝的波纹，犹如片刻呈现的昙花，当我们意识到它的短暂时，它已经一去不返地远行。因而，我们应该培养这样一种心境，宽容地对待自己，宽容地对待他人，宽容地对待我们所处的世界。

达到了宽容的境界，才真正走进了自己的世界。在宽容的天空里，从从容容地思考、走路，向自己的灵魂靠近。

宽容是人生的大境界，它不是那种对待一切都熟视无睹，见善不喜、见恶不憎的世俗麻木。它是那种对蝇营狗苟之辈的不屑一顾。

宽容，使人生在和谐的生命进程里其乐无穷。

突　围

　　余秋雨的散文《苏东坡突围》，几次都无法卒读。学生时代学苏东坡，只知道苏子曾被贬黄州，并且在黄州写下了不朽的《赤壁怀古》，却丝毫没有理解苏子在黄州写这篇光耀千古之文的意义。看了秋雨先生的文章，我顿悟，虽然当初苏子是被逼无奈贬到黄州，但于人生却是完成了一次壮烈的突围。正是因为被贬，苏东坡才回归于清纯空灵，安于淡泊，才有机会体味自然和生命的原始意味，也才有了光照千秋的不朽诗文。

　　人生突围，是每一个人都必须面临的人生课题。

　　很少有人一入世就站在最适合自己的位置上。可能你现在的位置优越无比，但对于你长处的发挥却无能为力。这就面临着重大的选择。优越的东西，假如对你来说只是一种点缀，你只有勇敢地舍弃，人生才有前途。这个选择的过程，就是一次人生的突围。

一些天资聪颖或出身名门的人，有时遭受攻击被排挤，以致不能在社会中获得起码的认可，落下不可一世或骄傲自大的臭名。其实这些人有一个重大的人生问题没有解决，那就是总以为自己高人一等，总以为自己出类拔萃，这种自视甚高的心理不仅没有为自己铺平道路，反而成为自己融入社会的障碍。这些人需要的，是对这些厚厚障碍的突围，只有从层层的优越感中突围出来，才能拥有基本的尊重。

假如你才思平平依然在文学的道路上苦苦求索，你就需要一次痛苦的突围，去文学以外寻找自己的天地。

假如你不通商术却执意要在商海中大显身手，你就需要一次突围，突破金钱的欲望围成的堤坝，在商海以外寻找属于自己的事业。

假如你不懂仕途却依然在仕途中执迷不悟，假如你陷入了一场你本不该涉足的爱情纠葛，假如你正处在一个自己认为总是无法适应的环境，那么你首先考虑的应是人生的突围。

突围，会使你重新拥有一片明丽的天空。

乐　园

　　乐园，是自己认为生活得比较快乐的地方。或者进一步说，是以一种自己感到快乐的方式生活。乐园是一种主观认定，而不是幻想或者社会的约定俗成。

　　有一次我回家乡，见到了远房的一个叔叔，他正要到他的菜园去，非要邀请我去看看他的大棚菜。我去了。菜地离村子有三里路，他们两口子轮流住在菜地里。他的菜一年达到了五季，一个大棚一年收入一万多元。他详细地向我介绍着哪一种蔬菜与哪一种间作，哪一种收入高、管理不易，哪一种销路好，发自内心的充实与快乐溢于言表。

　　我间或地向他谈起一些外面的事。他要么"嗯"一声继续忙他的事，要么专心于自己的活计。

　　是啊，菜园是他的乐园啊。他是一个菜农，种菜卖菜，便是他人生的乐趣了。

我们每一个人其实都有自己人生的乐园，只要我们很冷静地与自己相对而坐，认真地审视一下自己是何许人，来自哪里，处在哪一种境地，很公正地权衡了自己，于自己定下了一个十分恰当的人生范畴，人生的乐趣便注定会在生命的进程中不断涌动了。

那些常常为自己的处境痛苦焦灼的人，是站在自己的立足点而总是翘望着远方的人。譬如，若是那个菜农站在自己的菜地中间，总是想象着城市舞厅中的歌男舞女，总是想象着那些坐在凉亭中品茗的人们，便注定荒了自己的园子而又生出满腹的忧伤与不平。

每一个人都有自己的人生乐园，关键的是去发现、去寻找。

所有的痛苦都可以排解，只要把它放到自己人生的乐园里。

能 力

能力，是一种驾驭把握自我的人生力量。

在生活中，我们常常以有能力来表达一个人总是在他所处的环境中游刃有余，总是能够适应随时出现的各种人生与社会问题。其实一个人只要恰当地评价自己的优势与劣势，正确地运用自己的优点，恰如其分地将自己的弱点避开，这就是人生的能力了。

每个人都有自身的长处与短处。人生失败者，大多因为对自己的长处、短处模糊不清。或对自己的优点估价过高，去做那些力不从心的大事情；或对自己的弱点缺乏认识，以短攻长，不仅事情会越做越糟，而且会导致自己的缺点暴露无遗。

人生就像一场牌局，每个人都不会抽到同样的牌，拥有好牌的人不一定能赢，摸到差牌的人也不一定会输，重要的是看自己打牌的技巧与上下家的牌。自己虽有一张次牌，但或许因上家也出了一张次牌而顺利出手；自己虽有好牌，但或许因过分矜持，总是不肯轻易放出而把赢的机会拱手送给了下家。赢牌的人，一定都是适时地找出次牌，毫不犹豫地将好牌出手的人。因为很多时候，机会只有一次，错过了就不会再有了。

　　驾驭自我，首先是认识自我，发现自我，这是人一生的课题。当我们掌握了自我的部件中所蕴藏的力量的时候，就是一个可以决定自身命运的有能力的人了。

宁 静

谁能够在这浑浊的环境中镇静下来，使自己慢慢地澄清？谁能够在这安定的境界中持续长久，使自己在极静中徐徐生动？

宁静，那种心灵的宁静，是生命摆脱虚荣与浮躁，走向超然的极致。老子在几千年前就孤独地站在荒丘之上，面对苍茫混沌的人生，发出强劲的振聩之呼。只是，极少有人以纯然的心灵面对老子的忧伤，从而使人间总是缺乏超然的智者。

昼闲人寂，听树声鸟语悠扬，不觉耳根尽彻；夜静天高，也永远享受不到这种心灵的宽舒与从容。

我们所处的世界，到处充满了世俗物欲的纷扰与陷阱，它们引诱着无数个纯洁的灵魂轻易地放弃了原本的安宁，走进物欲的尘器之中，去做毫无意义的纷争与牺牲。极尽生命的能量，待到生命疲惫不堪，却才发现所追逐的那一切，那些以为绚丽多彩的东西，只是一场空。

宁静，拥有宁静的心灵，使自己的身心时刻保持着纯然的宁静，静静地处在世间的一隅，看大自然和谐有序的更替，看灿烂阳光的升起没落，看那些疲于奔命的人们疲惫倦怠、狂悲狂喜，而自己的心灵已在悄然不觉间走上了天光云影中高高的山岗，享受了人间极致的绚丽风景。

宁静绝不是让生命永处在停止的状态，任随人世间风雨漂泊，去做那逐风飘零的浮萍。它是一种心态，一种境界，一种人生进取中对方向的把握。

因为，只有具备了宁静的心怀，我们才能够不受世俗的扰攘，永远保持着理性的姿态。

距 离

距离使我们的世界和谐而缤纷。距离使丑恶的东西淡漠了，使美丽的缺陷隐退了，使人与人的仇恨减弱了，也使人与人的友谊变得生疏了。

因为距离，许多我们想到达的地方只能心驰神往；因为距离，许多可以引为知己的朋友形同陌路；因为距离，许多轻而易举取得的东西变得可望而不可即。

距离有这样的两面性，有些东西因距离而和谐美丽，有些东西却因距离而失去了得到与成功的机会。

世界上最远的距离，是心与心之间的距离，也许我们近在咫尺，却因为心灵的屏障而无法进行灵魂的对视与沟通。

世界上最近的距离，也是心与心之间的距离，也许两颗心远隔千山万水，倘如心有灵犀，互相倾吐了心声，互相敞开了心扉，双方便如一人，成为同呼吸共命运的挚友。

距离，是人与人之间的沟壑，又是人与人之间的桥梁。假如我们都把距离作为心灵的桥梁，诚信而执着地从自己的心灵出发，向他人的心灵靠近，世界就减少了丑恶，减少了猜疑，也许就没有了敌对与仇恨。世界因为有了心灵的桥梁而充满和谐理解的光芒。

大自然之间应该有它本来的距离，这距离使我们所处的世界绚烂而美丽。山峰高耸，河流逶迤，平原辽阔，大海苍茫，天光云影，正是自然的距离，使它们各自闪耀着诱人的光彩。

人们应该努力缩短或抹去心灵之间的距离，因为心灵的距离使人们付出了许多不该付出的，失去了许多不该失去的。

敞开自己的心扉，向他人的心灵靠近，我们的世界会因此而更可爱、更和谐、更美丽。

说 善

善是什么呢？孟子主张"性善论"；而孔子曰，"见善如不及，见不善如探汤"。善即同情弱小，利人为怀，所谓济困扶贫，遍施爱心。

"善欲人见，不是真善；恶恐人知，便是大恶。"中国的古训历来倡导行善积德。在中国的人杰史中，大多是一派正人君子。

人立于天地之间，应该富有同情心，利人为怀，济困扶贫，慷慨解囊。倘若没有这点良知，无异于鸡犬禽兽。但是，行善不能不加识别，不能对所有的对象都一视同仁。《伊索寓言》中的农夫与蛇的故事便说明了这一点。救了冻僵的蛇，自己却被醒来的蛇咬死了。对于恶毒之人，即使他再需要救助也不能动半点善心，否则就会铸成大恶。善的付出，应是有区别的。不问青红皂白的善，是愚人之善。

善还应是有尺度分寸的。行善应该根据自己的实际能力，在力所能及的范围内。行善是没有等级之分的，拥有百万家产拿出万元是善行，而处在温饱线上的人为他人煮一锅稀饭同样也令人称颂。

我们现在经常为善行不畅而大谈世风不古，好像见危不救的人，充斥整个世界，那种拔刀相助、解囊相救的人少了。这源于自私褊狭的利己之心。任何一个人都有可能需要帮助，不知何时灾祸会从天而降，若人人均不存利人之心，安得救己之人？

不倾家荡产，也不做守财奴，扶助应扶助之人，常怀利人之心，善莫大焉。

个　性

　　每个人都有个性，正是个性把自己与他人区分开来。

　　一个人由于在性格上与世俗格格不入，陷入一种冷落、孤独的处境，往往走向调节自己的极端，于是谨小慎微地与他人相处，接受社会的世俗规范，自我压抑，削弱个性。这种努力削弱个性的行为，扼杀了一个人成为杰出人才的可能。因为驱动人取得成就的力量恰恰是独特的个性，个性往往能使人产生一种唯我独有的方式和才能，把人生引向绚烂的辉煌。可是，很多人却往往忽略了这个至关重要的环节。

　　个性，是我们从冥冥之中来到异彩纷呈的人世间作为一个独立人格存在的基点。不善言辞、爽快利落、事必躬亲、大智若愚、不拘小节，这些都是表现个性的外在方式。一个人只要明察自己的个性所应该发展的方向，并且不失时机地把握住，矢志不渝，人生必是另一个境界。每一种个性都有其独特的魅力，都有为他人所不及的优点。只是，一般人往往还没有悟到这一点，就开始迎合世人、磨掉个性，把个性的威力扼杀在摇篮里。

我们只有充分保持、发展、张扬个性，才会走出具有鲜明特色的人生之路，决不能为了迎合世俗的口味而轻易改变自己的个性。因为，世俗的尺度只是要你把自己改变成一个世俗人，而不是把自己打造得出类拔萃。如果你顺从了那种进入社会就开始消掉棱角、拔出针刺、磨炼浑圆的圈套，个性不存，就只能做一个低层次的看客，而绝对主宰不了自己的人生了。

独处一隅，面对纷乱的世间，沿着历史的河流追溯古人，我常常为那些能坚强地保持自己的个性并终生不渝的人而激动不已。强烈的大一统意识决定了秦始皇的成功，不可遏止的征服欲把成吉思汗的帝国疆界推进到莫斯科郊外，倔强不屈、正义凛然的天性把魏徵的地位推到名相之首，成就"诗仙"李白的是他放荡不羁的个性。还有愤怒的鲁迅，忧心致死的屈原，从来不知道什么是"不"字的丘吉尔……

个性，把一个个杰出的人物推到成功的巅峰。个性贯穿着人的一生，影响着人的一生。一花一世界，一人更是一世界，社会需要个性。

对峙的心灵

哲学家荣格说：具备创造性个性的人，会在行为中表现出各种相对立的特征。

人的心灵，天生是对立着的。荣与辱，胜与败，进取与退缩，坚强与懦弱，痛苦与欢乐，生存与死亡，这些相互对立着的素质构成了对峙着的心灵。

人生的意义即驾驭把握这相互对立着的素质。正确驭用一个人的正面素质，使自我的航船不在对立的河流中徘徊犹豫，让坚强的部分主导行动的罗盘，人生则会演奏出强劲的乐章。相反，那种永远左右在对峙的双方中间，踯躅不定、瞻前顾后的人，拥有的是懦弱的人生，不会在心灵的河流中竖立起自我的旗帜。

而那种任随对峙的心灵相互倾轧、相互斗争，目视着邪恶的部分主导生命的人，则拥有的是可怜的灵魂。正义、坚强、进取、欢乐等美好的品质消失殆尽，等待着自我的，必将是罪恶的渊薮。

　　无论是自我的心灵，还是我们生存的世界，还是人与人之间，人与这个世界之间，都存在着对立的关系。对峙的双方相互牵制，组成了协调、和谐的多彩世界与美丽、智慧的人生。

失落的感觉

　　失落感是一种充满理性的人生觉悟，是一种巨大的充满背叛与舍弃的人生力量。

　　失落感产生于对自我人生的思考，产生于自我省察，是一种对自我状态的清醒把握。

　　很多伟大的创造，很多杰出人物的出现，很多社会的巨大变革，都来自这种沉重的失落感，来自这种对自我的痛苦背离，来自这种冷静的自我否定。

　　有了思考，才会产生失落的感觉。所以，每一个充满失落感的人，都是深沉苦难的思考者。每一个充满失落感的社会，都是理性精神饱满的社会。

　　有了思考，有了理性，才会有深切的痛苦，才会有坚定不移的反叛，才会有义无反顾的背离。

　　因而，失落感是一种高尚美丽的感觉，是一种拯救自我的理性智慧。

　　人，怕的是对停滞不前的现象熟视无睹，对可悲可怜的人生麻木不仁、不思进取。这种人表面看来无忧无虑，没有痛苦也没有思考，其实是被精神世界遗弃的孤儿。

　　做一个思考者，做一个清清静静醒着的人，让自己的思想时刻放射着理性的光芒，让失落的感觉时刻在自我的意识中徘徊，失落感必定引导着人生走出现实的泥淖，迈进未来的辉煌。

顺从与抵抗

大概从诞生的那一刻起，人就面临着这样的局面：对呈现在面前的多彩世界，不是顺从就是抵抗。

这是人生的悲哀，也是人生的幸运。

顺从，可以使人的一生无惊无险，不论是顺从一个人还是顺从这个世界。顺从者会在无风浪的河流中随水漂流，既有人生的欢乐，也有人生的成功。顺从者的人生好像是被一把巨大的伞遮盖着，不必担惊受怕，也不必怀疑前方有陷阱深渊。但是，自古及今，顺从者注定了一生只能生存在别人的荫庇之下，绝不可能擎起自己的旗帜，扬起自己高昂的头颅。

而抵抗者，就恰恰相反了。

抵抗者，天生生就了一双怀疑的眼睛，一个充满了怀疑的大脑，和无比坚强的不屈不挠、不甘平俗、不忍屈辱的个性。

抵抗，常常使自己处于对立的处境，而又因强大的对方使自己陷于孤立无援的境地。抵抗者在许多时候就像以卵击石的傻子，明知要失败，却依然锐意进取。

苦难往往伴随抵抗者生命的全部时间，缺少理解，缺少同情，缺少支持与帮助，正义的事业往往被曲解为异端邪说。

但是，最终还是抵抗者取得了胜利而使自我的人生焕发出耀眼的光辉。所有的抵抗者，自古及今那些不甘于顺从的人们，组成了历史的不息河流。浩荡绵延的历史长河中，奔流着的，是抵抗者的热血。

思　想

　　一个人的生命，什么都可以没有，却不能没有思想。

　　思想是人区别于动物的重要特征。没有思想的人无异于行尸走肉。

　　思想使生命充满智慧，使一个人明白自己应何去何从。

　　思想是生命本身最大的力量，它激发一个人去创造，去搏杀，去奋斗，向人生的最高点突进。思想最终使生命摆脱平凡与庸俗，走进纯净的灵田。

　　一个有思想的人生活在他思想的境界里，吸甘吐露，营造起自我的美丽家园，纵然形容枯槁，却乐而忘返。年龄的界限在思想的面前变得苍白无力，思想使生命永远焕发出蓬勃的生机。

　　思想，犹如一把旺盛的火焰，燃烧在生命炽热的心房，永远给生命输送着不竭的能量。生命不仅不会因年龄的增长而衰弱，反而会愈加深沉，愈加雄壮。

思想，是思考的积淀。因而，只要意识到了生命的可贵，就不可以不去思考。

生命是短促的，生命的毁灭不会留下丝毫烟尘。

但是，思想，强有力的思想光芒，将会使人永生。

烦 恼

烦恼伴随着生命的全部过程：少年对人生问题的百思不解；青年对人生方向的确立与选择；老年对人生目标的力不从心……还有不可尽数的人生细节、生活琐事成为生命的烦恼。烦恼左右着我们每个人的精神生活与感情世界，我们常常为烦恼而伤感人生之累，为烦恼而叹惋人生短促，为烦恼而抛弃可贵的人生目标，甚至有人因烦恼而厌恶生命。

老子说，要复归于婴儿。他的意思是要我们抛弃一切后天形成的人生杂念，回归到生命之初的纯洁境界，才可以谈人生境界、人生智慧，才可以品悟自然与生命的博大。

有一天，我站在了浩渺的东海之滨。在波澜壮阔的大海之中，那汹涌澎湃的海水，那超越一切的气魄和力量，那永恒不息的节奏，强烈地感染着我。我突然感到，面对大海，人生又算得了什么呢？人生中的那些烦恼与忧伤，那些坎坷、磨难、痛苦，甚至成功，算得了什么呢？

　　还有一次是我独自站在泰山之顶。泰山顶峰白云缭绕，雾岚轻涛，苍松翠柏，还有那透彻心腑的清新之气，使我顿然忘了爬山的劳累，自己似乎也如那轻风浮云般从容不迫、潇潇洒洒。处于这样的境界中，我顿然发现人间的一切恩恩怨怨都随着轻浮的白云淡然远逝，那一切功名利禄本是不应去劳累的。一切都存在于渺无际涯的自然之中，一切都将淡然而去，一切都要归于自然的静寂。

　　我们或许应该顿悟这个道理：烦恼来自我们的主观世界，来自我们自身，来自我们自己的人生判断。

　　平步青云，一步登天，这是弱者的痴念。岁月匆匆，过去了的永不再流转，悔愧是徒劳的，只能抓紧余下的日子。做错了的事情总是错了，重要的是在以后的日子里不要再错。

　　人生短促，容不得我们与烦恼纠缠。一切都会过去，不能让烦恼伴随着自己去迎接崭新的太阳。

年 轻

不觉间站到了三十岁的门槛之外。回望生旅，金色的年华已被挥霍得所剩无几。

年轻曾是那样美丽，如初升之朝阳、黛青之翠峰，如一江春水、雨后绿原。曾以为自己那样富有，拥有无数个蓬勃的早晨，拥有无数个等待着的下一个，拥有无数个改正的机会，任随青春的脚步随着时光的节拍漫不经心地舞蹈。日子在不经意间匆匆远逝了，额眉上一夜之间起了皱纹，心灵已没有了饱含激情的骚动，记忆也没有了先前的敏锐。

我幡然顿悟，我已不再年轻。看着一群群可爱的少年在眼前晃动，看着嫩绿的城郊已变成苍凉的风景，感觉着自己对"发烧友""追星族""偶像热"的淡然一笑，我悟着自己已是另外的年龄。

面对逝去了的年轻，追悔莫及却又无可奈何。一切都已远去，一切的憧憬也都渺然无踪。当初没有刻意追求，一切都是平平淡淡、无足轻重的浮萍。

意识到失去了年轻，也必须潇洒地给过去留一个背影，不然中年的负担会更加沉重。中年有更多的责任、更多的事情，必须昂首面对将要到来的路程。因为中年这个人生的夏天更加珍贵，失去了青春尚可以在这一段路程中弥补些许，倘失去了中年，人生就只能是断了线的风筝了。虽然不论怎样努力，失去年轻的损失都再也寻求不回，但苦干的中年会给人生留下美丽的风景。

不再年轻，也不追悔，投身于雕琢中年，同样是丰收的人生。

淡　泊

在这个纷繁的人世间，展示在我们面前的一切似乎都在张着诱惑的血盆大口，官位、名誉、财产、身价……人们为这些身外之物而殚精竭虑，不惜生死离别，不惜身体，丧失人性的良知。一个欲望实现了，有更多的欲望纷至沓来。一旦追求欲望失败了，就往往丧失了生的勇气，陷入极度的悲观与痛苦之中，怨天尤人以至放弃生命。

庄周先生早在遥远的古代就识破欲望的秘密，他在自己那个幽静的小院里，目视着蓝天白云自言自语：生命有涯，而所追求的欲望却没有穷尽，用有限的生命去追求无限的欲望，会累死啊。庄周之言未免太过消极，却给了我们很多值得深思的东西。孔丘先生有一个精妙绝伦的时间比喻，他带着自己的得意门生，站在奔流不息的大河岸上说："逝者如斯夫，不舍昼夜。"生命如白驹过隙，我们只拥有很有限的一段生命，很多欲望，无疑只是一个个虚幻的憧憬，只会给自己增添生活的负担。只有切实地踏在脚下的土地上，以淡泊超然的心境去看待人生，去设置切实的目标，才不致使自己掉入欲壑难填的陷阱。

以淡泊的心境去看待人生，即便所选择的目标一个也没有实现，但也不会太过伤感，因为"谋事在人，成事在天"，只要付出了努力，投入地奋斗到终点，流尽了最后一滴汗水，人生就不是颓废，不是枉然。你只不过是缺少一个圆满的句号，你只不过是少了那最后一刻的荣耀，却拥有了和成功一样，对人生来说很重要的充实及幸福的经历。

拥有了一个淡泊的心境，将多彩绚丽的欲望拒于窗外的天空，让自己的灵魂在平静的家园中安然入梦，受过损伤的身心会得到意外的修补，满是悲伤的心灵会感受到幸福愉快的平衡，激荡的心田从此就保持了湖泊般的宁静。

淡泊给予你的是苍白的外表，却让你拥有一个充实、坦然、意蕴深厚的人生。欲望给予你的是一个个焦灼痛苦的花环，它使你陷入无底的深渊。甘于淡泊，以超然的心态去把握人生，就超越了世俗凡境，在悠然怡然的心情中，品赏大自然的美丽，品赏多姿多彩的人生风景。

拥有了淡泊的心境，就拥有了智者的人生。

机遇，检验能力的试金石

几天前，与几位朋友一起小聚，谈到人生机遇问题，我们几乎不约而同地得到这样的共识：在当今时代，机遇纷至沓来，而之所以成功者是极少数，是因为抓住机遇的人总是极少的。

在我们看来，一个人只要能找到最适合自己的位置，找到了通往成功的人生路口，其余的一切又算得了什么呢？

其实，许多人之所以终生不过是一个平凡的过客，就是因为他们对人生中许多不值一虑的东西患得患失。

机遇，犹如昙花一现，转瞬即逝，而失去了，就不会再有。面对机遇的时候，显然我们会同时面对许多需要我们抛弃的东西。这些东西，或许在当时看来是极其重要的，但若因此而放弃机遇，抓不住机遇，成功的机会便轻易地失去了。

机遇是人生的契机，当它来临时，毫不迟疑地抓住它，人生就走上了通往成功的坦途。

抓住机遇，是一种果敢的人生勇气，这种勇气，来自对自我人生的坚定自信。

面对机遇的时候，我们可以这样考虑：患得患失的那些东西并不是与生俱来的，失去它们反而是卸下了人生的累赘。

决定人生的，就是一个适合自己发展的基点与环境，为了一些生活中的细节而放弃到达这种环境的机遇，一生便很可能平庸无为。

痛苦，人生美丽的契机

痛苦是生命进程中的自我感觉，是人生不甘沉沦的禅悟与觉醒。

痛苦有小痛苦与大痛苦。小痛苦是对自己的平庸无为，对人生的失意与挫折，生发的不平和憎恶。人生匆匆，因为自己的懒惰与失误而造成无可挽回的过错，会使你处于反思的痛苦之中。这种痛苦是人生中至关重要的，如果没有这种觉醒，人生就会变得麻木不仁。这种痛苦，会使一个人走出往日的沉重阴影，为自己重新开辟一片亮丽的天空。

大痛苦是大境界。一个不为民族与国家而活，只为自己那渺小的生命蝇营狗苟的人是毫无价值的。这种人只不过形同草木，在没有任何声响的睡梦中了结了一生，所有的人都记不住他，民族与国家更是把这尘土一般的生命遗弃不顾。整个民族在流血，那流着鲜血的伤口在我们的面前昭然若揭，这给所有觉醒了的人们带来的是不可遏止的痛苦，这种痛苦引导着一个个不甘庸俗、出类拔萃的生命摆脱自我的束缚，走向崇高。

这是人生大痛苦，这种痛苦把人生推进浩荡不绝的民族精神的河流。

一个人假如没有大痛苦，便很难窥见民族精神的内涵。

民族精神，是那些痛苦着的人们为了民族的振兴而呕心沥血的民族气节。在光彩照人的人生河流里，流淌着的，是痛苦者的血泪。

人一旦把严峻的使命放在自己的额头，就给自己戴上了一个美丽的花环。虽然编织这个花环的过程是痛苦的，但这份经历带来的，却是别人无法企及的美丽。

激情，生命的动力

激情，是生命的动力之源。激情产生幻想，激情产生勇气，激情产生力量，激情使生命永远处于进取的亢奋之中。

我们大多数人都会经历一个充满激情的阶段。血气方刚，面对崭新的世界，充满了天将降大任于斯人，以天下为己任的壮志。遇到邪恶，会义无反顾地挺身而出。遇到困难，不是踯躅徘徊，而是迎风而上。面对社会与人生中的许多问题，总是保持着勇于挑战的姿态。

有这样一个故事。约翰、汤姆受雇于同一家零售公司，老板想从二人中间选一个经理。于是，老板分别给他们派同样的任务——去集市上看货，看谁完成得好。汤姆来回三趟，才打听全农产品的品种、数量和价格。而约翰却一脸兴奋地回来，一次性向老板详尽汇报了几种蔬菜的市场信息，并带回了相关样品。他还极富创意地请来了货主，为老板的生意扩张提前谋划。面对同一项工作，一个只是机械地去完成任务，另一个则充满激情地去完成。结果不言而喻。

激情能使人产生一种使命感和成就感，可以把古板单调的工作变成瑰丽斑斓的征途，让艰难跋涉在热情似火中化成内心的快乐。

激情是人生的希望，没有了激情的人生，唯唯诺诺、噤若寒蝉，与行尸走肉又有什么本质区别？

激情使心灵永远年轻。保持人生的激情，纵然七十古稀，人生依然光彩夺目。年纪轻轻就变得四平八稳，所谓老成持重，其实是过早地把自己推向了暮年的处境。

激情是人生卓尔不群的原动力，激情使人生永远处在不可遏止的冲锋之中。

保持人生的激情，才可以憧憬人生高处无限美丽的风景。

需要，崇高与卑鄙的分界

没有什么东西比需要这个词离我们更近了。

刚刚来到这个世界，我们需要吮吸母亲的乳汁，使生命强健；学走路，我们需要父母的帮助；学知识，需要师者的教诲；任何一个人都需要机会，需要财产，需要爱情……

需要，从生命诞生的那一刻起，就成为人生的一部分，成为掌握人生走向的分界。正是需要，把芸芸众生划分为崇高的部分，卑鄙的部分，庸俗的部分，卓越的部分。

人需要金钱提高生活的质量，但这种需要是有限度的，太少了会使自己穷困潦倒食不果腹，太多了则容易使自己成为金钱的奴隶。有些人准确地把握了这个尺度，总是及时地把自己人生的方向调整到更重要的追求上去，比如追求文学、艺术，于是这一类人成为人们中崇高而卓越的部分。

有很多需要，我们是不可以满足的。贪、盗、贿等方式或许可以使财富迅速实现增值，欺上瞒下、文过饰非或许暂时能够得到提拔重用，但正是使用这些不劳而获的途径，使这一部分人的人生进入了卑鄙的部分。

那些庸俗的人是视需要如草芥的人。要成功，就需要艰苦努力；要技压群雄，就需要埋头苦练。这些人总是双目盯着自己的需要，需要爱抚，需要宽容，需要扶持，需要资助，需要谅解，而把自己需要做到的事情看得很轻很淡。

每个人的一生，都会有无穷无尽的需要，物质上的，精神上的，肉体上的，心灵上的，如何看待这些需要，以怎样的方式使这些需要成为现实，是我们每一个人终生都要努力把握的。

简　朴

简朴不是简单，也不是穷困，它是一种洞察世事后的人生境界。

奢华，常常裹挟着一种无奈。即便是成功后的奢华，也难掩庸俗之气。

不论在什么时候，简朴都是一种超然物外的境界。人生失意的时候，简朴使人痛定思痛；人生得意的时候，简朴使人警惕乐极生悲。

简朴是淡泊、宁静、清净、朴素，像长空中的一朵白云，荒野中的一棵小树，平原上的一条河流。

在嘈杂的人群中，一位衣着简朴的老人常常会让我们肃然起敬，那简朴后面透露着的是智慧的阅历；在宁静的乡间，农家简朴的生活常常让我们感到温馨与适意；到了一个陌生的国度，简朴的生活方式常常使我们想到桃花源。

一个崇尚简朴的人，会因简朴而淡忘烦恼与失意，也会因简朴而超凡脱俗；一个崇尚简朴的民族，会因简朴而国富民强，也必定因简朴而源远流长。

　　简朴，是人生命中的本色，是一种需要终生修炼的操守，是一个民族不可多得的美德，是一个社会难能可贵的时尚。

寻找对手

没有对手的人生，常常与杰出无缘。

在我看来，对手就是敌人。敌人在你的生命之路上静静地等待着你，准备与你做生死搏斗，因而你必须练就一身过硬的功夫与本领，才能保证在搏斗中取胜。

这样的对手不止一个，他们耸立在你人生的各个紧要关口，倘若一招不慎，很可能就此命丧敌手。因而，自己必须时刻警醒着，人生就在这种强大的逼迫中杰出起来。

没有对手的人生是可悲的。没有对手，就无法确知自己的能力与强度，看不到自己哪些方面是优秀的，哪些部分是脆弱的。

大多数优秀的人都渴望着有强大的对手。因为通过与一个强大对手的较量，不仅可以发现自己身上隐藏得很深的纰漏，更重要的是可以从对手那里学习到高深的智慧与技巧。即便是自己暂时失败退下阵来，也足以自慰。

只有平庸的人才总是渴望对手软弱与无能。对手的不堪一击，使自己暂时得到了胜利者的骄傲与喜悦，却使自己把资质平平视为杰出，把自己的弱点看得优秀，从而把自己永久留在了平庸的世界里。

最伟大的人是把自己作为对手，这是人生最强劲的对手。很多半途而废的人，都是败给了自己这个对手。假如一个人，总是在向自己挑战，拿自己作为射击的靶子，用利刃砍向自己的贪婪、懒惰、骄傲、自私和虚伪，那将是何等卓尔不群、光芒四射的人生！

因而，人生的路途上我们有一个十分重要的任务，就是为自己寻找一个对手。

执　着

人生最重要的，不是超凡卓绝的智慧，而是选定了目标后的坚定执着。

一个人可能经过短暂的努力便得到出乎意料的成功。但这样的成功即刻就成了历史，化为一片记忆。只有不丧失执着的品质，一生都不懈怠，人生才会硕果累累。

没有人会永远没有失败，但失败只是过程，是对过去的否定，只要能拽紧前行的纤索，努力进取，成功就不会遥远。

执着是一种不屈不挠的精神，像传说中那位用铁杵磨针的老人，像水滴石穿的法则，只要保持目标不改初衷，任何事情都会成功。

执着是一种人格意志。一个人如果浅尝辄止，可能一生都不会有大的建树。

在执着面前，才华是苍白的。具有超人的才华，而缺乏执着，便如那与乌龟赛跑的兔子，虽然才华横溢，却不能最先到达成功的彼岸。

执着是衡量一个人能否成大器的试金石，是卓越与平凡的尺度。"千古之绝唱，无韵之离骚"的《史记》之所以能够完成，正是因为司马迁矢志"立言"的执着。鸿篇巨制《红楼梦》形成于曹雪芹"十年辛苦不寻常"的执着。而陈景润之所以成为科学领域的顶尖人物，正是因为他对哥德巴赫猜想的痴迷执着……

成功不必炫耀，因为倘丧失了执着，失败就会接踵而至；失败不必悔恨，只要保持执着，就有走向成功的机会。

人生，只要不丧失执着，就定然是灿烂的人生。

让生命延续

让生命延续，似乎是一个医学课题。先进的现代医学或许能让生命延续一段时日，但那终是有限的，而且不过是垂垂老矣的延续，几近丧失了生命存在的意义。只要拽紧生命的纤绳，我们完全可以靠自己让生命延续。

在这个世界上，绝大多数人都同样哭喊而来又悄然归去，这是一个生命的生死轮回。假如我们在每一天，都极尽生命的潜能与张力抓住每一个可能，去冲击搏杀，人生的意义则会被赋予全新内涵。不论冲击搏杀的结果是成功还是失败，只要无愧地去做了，经历了它的初始与终结，这就是人生意义上的一次轮回。人生百年，有无数次机会供我们选择。只要我们紧紧地抓住了每一次可能，生命之舟便得到了延续。

西方著名的航海家海伦斯自十七岁开始航海冒险，直到七十岁依然在滔滔海洋中乐此不疲。五十多年间他发现了一百多个之前从未发现过的海岛，到过几十个人迹未至的海域，晚年写成了著名的《一个探险家成功的经历》。他在书中说："我无数次体验到生命处于极致的快乐，其实我那无数次的经历即便有一次就已无愧今生。"

无愧今生，这种发自内心的声音不是可以轻易喊得出的。我想，这种人的生命早已超出了寻常意义上的生命，他们已无数次地经历了一次次生命的始终。

一生不敢冒险，平平庸庸、唯唯诺诺的生命，只不过经历了一次人生。这样的生命是苍白无力的生命，即便长活百年，也不过像一片落叶，终不过是流水浮萍。

一生在冲锋陷阵中搏杀，不骄不馁，将一个生命化作无数个生命，是生命的延续与永恒。

良 知

应该怎样给"良知"这个词下定义呢？中国古代的哲学家说它是人类不学而知的、先天具有的判断是非善恶的本能。现代人对它的理解宽泛多了，我以为它的更确切的内涵是，一个人对是非的正确认识和觉悟，特别是对与自己相关的事情。

一个人从踏入这个世界的那一天，就在接受着接近良知的教育，上一代人总是和蔼地告诉我们如何在道德上接近有良知的境界。可是，事实上，很多人并没有达到有良知的境界，甚至转向了有良知的世界的彼岸。

良知的彼岸是罪恶，我觉得把良知比作太阳是恰切的。明亮的阳光下，一切是非分明，目标显而易见，是真实而没有美丽的诗意的。而月光却不同，朦朦胧胧的月光里，一切都绰约可见又未见，每一件事物都罩着一层美丽的光环，这是富有诗意的浪漫的世界。太阳下的追求是付出汗水且又公正的，而月光下却可以借着那一层朦胧诗境在自己的想象里驰骋。

尽管，罪恶的表面总是罩着一层美丽的东西，但最终那层外表还是被黎明的光芒渐渐剥落掉了。而良知却不同，它即便因为黑夜的到来被蒙上一层月光，但这也只是短暂的，因为黑夜过去依然是满天的日光。

良知，使人真实，使人自信，也使人崇高。只有让良知占据了内心，才能公正地对待自己和这个世界，才能真切地认识自己、认识人生。

拥有良知，是一个艰辛的过程，但它却让你享受终生。拥有罪恶，会有短暂的美丽和愉悦，但它却使你悔愧终生甚至遗臭万年。

接近良知吧，可爱的人们！

初　次

　　不可计数的初次，组成了延绵不息的人生。初次走出故乡的土地，开始了探索与闯荡的征程。初次取得事业的成功，成就感在心底悄然滋生。初次失败，有了痛苦的经历；初次被欺骗，有了警惕的觉醒。

　　初次是一种尝试。在此之前，一次都没有经历过，一切都充满了美丽的新奇。

　　初次是一种发现。在那些没有涉足的地方，有艳丽的鲜花，有珍奇的异香，有罕见的财宝。只有经过初次探索，才能够发现那美丽与雄奇。

　　初次是一种真诚。面对未知的领域，我们总是以全身心的投入、以无价的真诚去换取人生的成功。

　　初次饱含了我们的人生激情。

　　初次，铺开了人生的大道。回首人生，我们会惊奇地发现，是那一个个初次，在每一个重要的人生关口，树起了一道道美丽的风景。

无论成功与失败，初次都是人生的积累、人生的财富。初次的失败，给我们的是启悟与教训；初次的成功，给我们敞开了继续前行的绿灯。

忘记初次，意味着将宝贵的财富廉价出售或抛弃。珍视人生的初次，会使生命呈现智慧的富丽。

失败者

失败者是这样的一些人，他们误掉进人生路上的陷阱，误走进生命旅途中的沼泽。失败者或者是那些半途而废、功亏一篑的人，是在强者面前轻易地低下了头的人。

很多时候，失败者是可怜的，他们空耗了可贵的年华而一无所获，只能看着胜利者在人生的高处指点江山。

但对于胜利者而言，失败者是可敬的。他们至少为胜利者提供了这样的契机：哪条路走到终点是徒劳的，哪条路上充满了沼泽与陷阱，哪条路上有巨石禽兽。而且失败者又给了胜利者这样的启悟：哪种人生观与人生选择注定是要失败的。于是胜利者避开了那些弯路邪途，避开了失败者经历过的那些挫折与失误，走进了希望的沃土。

假如失败者意识到了自己的这些功用，便没有必要再为失败而懊恼蒙羞。失败，为别人创造了条件，同样也为自己积累了经验。你从失败的终点启程，尽管多了一分失败的沉重，但也拥有了一分阅历，一分曾经沧桑的轻松。

意识到自己的失败，是失败者最大的收获、最大的成功。这个时候，失败已是一种境界，一种胸襟，一种人生的风景。

成功者如果看轻了失败者的功劳，那不是真正的成功者。因为无论是失败还是成功，都是漫长人生中一段短暂的路程，还有更遥远的未来等待着我们去经历，去攀登。

失败者认识到了自己的失败，成功者不骄傲于自己的成功，都是人生的收获，都是人生的成功。

生命的深处

亲　情

　　亲情是生命中最深厚的底蕴。父母、兄弟、姐妹之情将孤独的生命网在了一个血肉丰满的氛围中，使生命得以享受扶助的温暖。

　　亲情，是血脉之亲，因血脉的流传而显示着坚韧的力量。

　　亲情是一种纯粹的、无私的、不求回报的感情。一个人拥有了亲情，就不再是人世间孤寂的旅人，任何时候都会有人在默默祝福他。

　　亲情是一种永恒的感情，它不会因人生的辉煌与失败而改变。成功的时刻，它共享幸福；失败的时候，它分担痛苦。

　　无私的亲情使生命温馨如阳光普照。

友　情

友情是生命的两极。你在生命的此岸，感受着彼岸的心心相知相印，感受着灵魂的相通。

友情包括挚友之情、诤友之情和一般意义上的相投之情。挚友应该是那种灵魂的交流，而诤友则是敢于从朋友身上挖掘剔除痼疾的品质的交流。

友情是双向的约定与遵守，它靠的是双方的努力与付出。只欲从对方那里索取而不付出，就意味着友情结束与枯竭。

友情使生命脱离开自己的低层状态。

拥有了友情，生命会变得旷达而从容，有了思想，有了尊严，也有了个性。

爱　情

爱情使生命更美丽。爱情之花，绽放于两个人内心深处，散发出美丽的光芒。

爱情是生命中偶然的机遇。踏破铁鞋未必找到真正的爱情，而萍水相逢却可能得到终身伴侣。

爱情会使生命的力量扩张到极致，呈现出不可预知的辉煌。

亲情、友情、爱情是生命不可缺的三个要素。没有亲情的人生是孤独的，没有友情的人生是苍白的，而没有爱情的人生是可怜的。三者缺一就是不完整的生命，缺二无异于行尸走肉，三者皆无则生不如死。

人生顿悟

一

讽刺画家里波雷说："我努力干了十年，哪知成名只需要十分钟。"

瞬间似乎成就了一切。一个风光无比者或许瞬间就成了阶下囚，而一个凡夫俗子也有可能瞬间变成上品人物。

然而必须把握的是，所有的瞬间都浓缩着一个人的全部力量，瞬间只是亘远的爆破点。

二

模仿常常是盲目的。

模仿有两种，模仿别人或模仿自己。模仿别人意味着没有独特的个性，永远只能存在于别人的影子中；模仿自己则是毫无意义的、没有创新的重复。

模仿的最后结局很多时候是颓丧的人生或者不可救药的没落。

关键是创新，大到国家民族，小到微不足道的人生。

三

不幸有时是文人本身及民族后世的幸运，所谓"文章憎命达"。太史公若没有宫刑之厄，我们必定失去"千古之绝唱，无韵之离骚"的《史记》；曹雪芹若顺势承袭了祖荫，依然生活在温柔富贵乡中，我们也必定没有了辉煌的《红楼梦》；而远在巴黎的一座破旧阁楼上躲债的老头巴尔扎克若早年生意兴隆、日进斗金，人类还会有伟大的《人间喜剧》吗？

四

乡村是静止的，像一幅恬淡优美的画，乡人们像随风飘荡的小船，随着明丽的色彩游动，组合着不同韵调的季节景点。

城市是流动的，像一架高速运作的机器。一些城市人被巨大的力量牵引着，成为一个个缺乏活力的部件。

爱情九歌

一

我总以为爱情不应是人生的饰物，它应是人生中最重要的份额。

爱情是亮丽的人生之花，没有了爱情的相伴，没有了爱情之花的鲜艳灿烂，漫长的人生之旅与苦行僧又有何异？

二

我最看重的，是爱情的质量。每一个人，都会经历爱情的沐浴。但有的爱情因太过功利只剩下了重量。有的爱情一开始就以婚姻为目的，让世俗的法则把爱情的质量减轻了。

只有两颗纯洁的心灵，互相叩开了灵魂的扉门，所有的标准、功利都消逝在远方的尘埃中，这才是爱情最美丽的家园。

三

爱情是求不来的。爱情是人生旅程中两颗心灵的碰撞，是自己心灵的图像在另一颗心灵中的印证。

所谓的一见钟情，如稍纵即逝的昙花，是难以形成生死之爱的。爱情犹如初春的雨丝，让两颗心灵慢慢滋润，而后结出丰硕的果实。

假如爱情可以求来，它与富有者对乞丐的施舍又有什么区别？

四

爱情的质量是经过时间与生活的锻打才可以获得的。

因为爱情不仅仅产生在鲜花烂漫的春天，还产生在炎热的酷暑、苍凉的暮秋和料峭的寒冬。

当情人处于厄运时，当情人遭到苦难时，当情人没有了人生的希望时，要同甘共苦、不离不弃，这恰是锻打爱情质量的材料。没有这些材料，爱情永远是空中的楼阁、雾中的花，没有分量，也没有质量。

五

爱情不是朝夕相处的守护。朝朝暮暮的相濡以沫固然会使爱情浓如淳浆，但远在天边的牵挂与思念却会使爱情多了一分浪漫。距离，不会使爱淡化，反而使两颗心灵因为彼此的相思变得更近了。

六

爱情也会有暂时冷却的时候。它有涨潮，也有落潮，它使人生充满幸福与快乐，也使人生承受痛苦与磨难。

爱情不是一池纯净的清水，没有波浪，没有惊险。这样的爱情会因为它的简单与平淡而失去魅力。爱情是碧蓝壮阔的海洋，有暗礁，有巨浪，只有具备了勇气、胆略、自信、真诚的人，才可以到达它的彼岸。

七

爱情是对对方的欣赏、理解与宽容，任何改变对方的想法与动机都是无知愚蠢的。

努力改变对方的时候，就是自掘爱情坟墓的时候。许多婚前痴心相爱的情侣，婚后因爱情的丧失而陷入痛苦，即是总想改变对方，使对方更贴近自己的人生轨迹，结果适得其反。

世上没有相同的两片树叶，唯其不同，才使爱情之花更夺目艳丽。

八

爱情不是预约，也不是宿命，爱情是两颗心灵碰撞之后长时间痛苦磨合的结晶。

所以，爱情是一种机缘。

九

美丽的容貌不是爱情最主要的成分，只有美丽的心灵才是爱情的主流。假如见到一个美貌者即心旌动摇，就永远不会有专注执着的爱情了。因为美丽的面孔是无数的。

爱情是一杯清茶，只有慢慢地品尝，才会享受到它的幽香、清淡、淳厚、苦涩与悠远。

生命节拍

初 春

一丝冰凉的风掠过河岸，粉红的阳光洒在离开母体自由漂浮的冰块上，顷刻间七彩的光芒映满了河道。

离开暖巢的鸟在岸边的小树上唧唧鸣叫。

冰块间缎带似的水被微风吹皱，闪烁着鱼鳞似的光斑。

水边的细沙柔软而富于弹性，反射着太阳的光辉，金色灿烂。

站在水边，垂头丧气的我蓦然焕发了精神，仿佛自己随着那动人的自然色调光亮鲜艳起来。那郁闷的、窒息的、压抑了好久的心变得苍翠而朝气！

动人的春光流进我的心扉，我知道，自己的灵魂也融进了这美丽的自然里。

风

站在他乡的土地上，总觉脸旁时时呼啸着劲风。

可是我知道，只有风，正因有了风，世界才春夏秋冬更替，遍地峥嵘。

没有那和煦春风，岂有万木葱葱；没有萧瑟秋风，岂有霜叶满山红。

风是人类的信使，远在异乡，我依然闻到了故乡门前的槐花芬芳，依然看到了故乡桃林的美丽风景。

我知道年迈的父母此刻一定站在门前的风中，让故乡温暖的风给儿寄去一只漂亮的风筝。

浪 花

你虽只瞬间存在，但旋即消逝于浩瀚的大海，你以无私的牺牲展现出阳光的色彩。

你以无畏的激越奔逐前行，方有大海的汹涌澎湃。

你的生命短暂，却辉煌壮丽。

你的形象微不足道，却铸成了壮阔的大海。

在无际的苍穹下，你生生不息地存在着，大海有了你，才有了生命和力量。

悲　哀

悲哀是活人的悲哀。

悲哀的人制造了悲哀悠然远行，将悲哀留给活着的人们。

制造悲哀的人超脱了悲哀而清净，活人因此而生活在悲哀者留下的悲哀中。

梦　幻

再精明的巫师也高不过梦幻。

那些狂热的存在，巨大的成功，耀眼夺目的辉煌，斑斓的希望，都在片刻的惊醒中渺然无踪。

其实世人很多都沉迷在自我陶醉的梦幻中，所以，人世间才有痛苦，才有失意，才有不平。彻悟者看透了梦幻，而得以超然宁静。

死　亡

死亡是一次不能重复的人生体验。只有面临死亡，才会感受到生的可贵，生的绚丽。

没有永恒的生，但死亡却使人永恒。

假如我们常常去想，将来的日子如同过去的日子，世界上没有我们存在，那日子依然充满阳光和月光，死亡便是一种美丽，一种可歌可泣的悲壮洗礼！

幸　运

并非所有的人与幸运相逢都会有辉煌的人生。

过早受到幸运惠顾的人往往是庸者的契机。幸运使其因优越感、依赖感而丧失了人生最重要的奋斗与进取精神。

最伟大的幸运是历经磨难之后姗姗来迟的幸运。很多在人生路上跌打滚爬了一大段路程的人，都会以生命为赌注珍重来之不易的幸运，幸运的威力也就充分地勃发张扬了。

无　畏

以无畏为人生准则的人并不一定就是英雄。

人应该首先有所畏惧。比如对财权的贪婪，对女色的欲望，等等，这些东西都不能以无畏的心态去对待，而是应该畏而远之。

人只有有所畏惧才能做到大无畏。建立在这种健全人格上的无畏，才能引导着你走向理性与成功。

妒　忌

妒忌说穿了就是一种缺乏自信、自尊的弱者心态。妒忌是因缺乏自信没有安全感所表现出的一种敌意心理。

妒忌心理会使自己丧失朋友、良善，而走向人生的歧路。

解除妒忌心理的唯一良策是增强自信力，学会用理性思维正确把握自己的人生脉络，不退缩让步，也不强己所难。

不妒忌，不猜疑，以自己为对手，从从容容，才是健全而和谐的人生。

等　待

等待并不就是消极的人生。人生有时需要待机而动，只有懂得等待、懂得进取，人生才会在张弛有度的节奏中获得成功。

等待是一种理智地对待人生机遇的态度。进取的时机尚不成熟，等待就是对时机的孕育。

但必须牢记的是，等待是为进取做准备，而不能永远等待。永远等待的结果，则是人生的堕落与失败。

有目的的等待是崇高的等待；消极被动的等待是平庸者丧失进取精神的托词。

欲　望

欲望伴随着生命而来，它自私的本性裹挟着你走向人生的终极。

一个能够克制部分欲望、强化部分欲望的人，是理性的智者。因为欲望本身包含了丑恶与良善。

人的一生就是丑恶之欲与良善之欲彼此对抗、不断拉扯的漫长历程。

茧

大自然以它亘古不变的法则一刻不停地进行，我们无可奈何。我们是大自然的一环，在它的法则中生生灭灭。

只有自做一个美丽的茧，于大自然中保持自我独立，独处一隅静察人间，你才能拥有不同凡俗的人生，才能创造出虽然微不足道却留下了痕迹的成功，才会享受到生命的温馨和富丽。

年　华

年华是留不住的。

当你意识到应该珍惜年华的时候，年华正百折不回地向老年飞驰。

最伟大的年华是无悔的年华，最令人遗憾的年华是自以为没有遗憾的年华。

注　定

当经历了一段漫长的人生之旅，我们才失望地发现，这个世界早就把一切安排好了。我们从一出生就不可挽回地被投入一个预设好的空间里，这是人生的注定。但这只是大自然的注定。

倘拘泥于这个注定，匍匐在它的膝下，注定就顺理成章地完成了它的使命。

但还有另一个注定在遥远的地方，等待不甘于先天注定的人去践约。这些人从第一个注定出发，百折不挠，义无反顾。这是大注定。

卑　微

卑微是自我否定的一种心理素质。卑微的人既铸不成坚强，也没有能力造成大恶。

一个自认为卑微的人永远只能在强者的阴影里苟延残喘，面对死亡也不敢理直气壮。

只有坚信自己，才能否定卑微，才能创造出崇高的人生。

屋　檐

屋檐是个灰色的话题。只要在他人屋檐下，就不能显山露水，来显示自己的卓越与优秀。

屋檐的里面是正堂，里面坐着的是主人，他时刻警惕着外面的人是否闯进来。

背　景

我们生活在这个苍茫的世界上，每一个人都有一个独特的背景。帆的背景是浩渺的大海，书的背景是广袤的大地，云的背景是蔚蓝的天空，星辰的背景是漆黑的苍穹。

有了背景，方才显示出人生的沉重，有了背景，人生才不会飘零无靠，人生才有了确定的坐标。

自　己

杰·马丁在《强棒出击》中说："我们踏遍世界寻找钻石，结果钻石就在我们家后院。我们一辈子都在探索找寻那个能使我们生命伟大的力量，但大部分人都没有找到，其实那个力量就在眼前。"

自己就是一切，就是所有的力量和财富，没有比自己更丰富的矿藏。关键的是，大多数人没有找到开启这个宝藏的钥匙。

乐　观

平平凡凡，不戚戚于贫寒，不孜孜于富贵，才能收获坦然的人生。

不要因朝晖的瞬逝而悲怜，也不要因夕阳的没落而叹惋，人生应当具备拥有每一个黎明的乐观。

只要你驾驭了乐观的心境，只要你以乐观的心态看待人生，你就永远不会失去乐观，从而实现人生的达观超然。

依然平凡

环顾尘世，我们自信于已超凡脱俗，自信于已别于芸芸众生，可沉思顿悟，却发现自己与别人并无两样，工资、房子、烧菜做饭一切依然，我们依然平凡。

不论走了多久多远，我们离不了平凡。

不相信自己平凡是真的平凡，看透彻悟了平凡是不平凡。

独自面对

我们从懂事的那一天起，就这么步履匆匆，来不及告别昨天，就踏步走进今天，来不及抚平忧伤，就迎来新的挑战。

我们应该找一点时间面对自己，扪心自问，去探究自己的内心。也许，因为一次独自面对，你会发现自己的过去都是梦幻，自己正在走的路是一条充满危险的路。

独自面对，才能校正、检视自己，使我们的人生走向理性。

功亏一篑

调工资就差那么一两个月没赶上，考大学以几分之差过不了分数线，去坐公共汽车末班车刚走，人生就差这么一点点，所以古人造了"功亏一篑"这个词吧？

功亏一篑，构成了生活的主流，假如我们都做到功德圆满，人类岂不都成了伟人巨子，哪还有凡人百姓呢？

自我改造

世界上最难的事恐怕莫过于自我改造了。可以在限定时间内建一座城市，造一条河流，但有多少人意欲戒掉对烟的嗜好却半途而废了？

有人一生都在努力改造不良的习惯，但一旦事变突发，惰性就卷土重来，最终前功尽弃。

都是过客

每一个人都是这个星球上的匆匆过客，没有人能够不朽。所以必须抓紧利用可供我们使用的任何一点时间，以期获得生命在质的方面的延伸。

流星虽然在瞬间闪过，但终究留下了光亮的痕迹。

鲜　花

中国台湾诗人余光中赞美鲜花的诗句有"艳不可近，纯不可渎"。

美艳的鲜花对高雅的灵魂具有强大的威慑力，它使任何一双生命的手都不敢轻易靠近。它升华了自己，也同时净化了一个个孤独的灵魂。在鲜花浓郁的光辉中，人的丑陋与恶行荡然无存。

那些摘下鲜花的人，片刻中扼杀了鲜花，也扼杀了自己。

命　运

没有谁能把握自己的命运。无可选择地从冥冥之中走来，又百折不回地走向冥冥之中去。重要的是如何对待命运的安排。顺境中不骄不躁，逆境中不屈不挠。简单地把命运说成是人生的注定，是脆弱；说可以扼住命运的咽喉，是狂妄自大。命运是人生的记录，因而关键的不是命运本身，而是如何以手中的笔书写命运。

魅　力

魅力不是鲜艳的美丽，而是一种震慑人、征服人的气质。魅力不是靠刻意的装饰就能拥有的。涂脂抹粉戴金佩银，让人感到的是俗气；谈吐的故意张扬，给人的印象是市侩；举止的硬性模仿，也只会给人以反感。

魅力存在于天然的自我中。每一个人，都有独异于别人的魅力。高仓健的深沉与力量，林青霞的妩媚与清纯，杨钰莹的娇小与甜美，罗马里奥的神脚，卓别林的幽默，都以一种独特的魅力存在于人们的心中。我们每个人身上，同样存在着自己特有的潜在魅力，比如勇气，比如思想，比如侠气，比如善良、强悍、乐观……只是还未洋溢于气质，还未能充分地显示出来。要显示自己的魅力，就要在全面地审视自我之后，努力把自己的优势发挥到恰到好处，不过分地张扬，也不过分地掩饰。

拥有魅力，是人生的幸福；创造魅力，是人生的智慧；保持魅力，则是人生的意志。

阅　历

拥有了人生的阅历，就拥有了人生的经验。有了成功的阅历，能够使人走向新的成功；有了失败的阅历，会促使人顿然醒悟。阅历对智者而言，是一笔财富。

阅历对有的人来说却是一种负担。有过成功，就以为有了人生的依靠，养成了骄奢，养成了懒惰；有过失败，就畏惧人生的未来，不敢尝试，裹足不前。阅历不仅没有成为人生的提醒，反而成为未来的枷锁。这是一种浅尝辄止、一蹶不振的人生，不会有人生的大光芒与大起色。

因而，阅历是财富，又是负担；阅历是经验，又是局限；阅历是智慧，又是愚见；阅历使人厚重深刻，又使人轻薄肤浅。关键的一点是，我们怎样看待阅历。

凝　目

我们凝目相视，默默无言。

那是一泓清澈透明的湖。明丽深邃的湖水荡漾着一圈圈涟漪。一圈修长的小树，将湖面围成一片朦胧。氤氲浓重的蓝色雾霭飘浮在湖面上，一轮妩媚的月亮在湖水里徜徉。

月亮晶莹透明，闪烁着幽幽灵光。我宛若披挂了坚强的勇气，顿然飘离红尘，走进那洒满清辉的湖面上。

一缕乌亮的秀发飘散在澄明的湖面上。我不忍前去捞起，担心惊走了羞涩的月亮。

湖水溢出来了，在辽阔的平原上流淌。

刈草人

燃烧着晚霞的黄昏里，走着一个背着草捆的刈草人。火红的霞光涂在他的身上，像一匹高大的骆驼，周身映着金黄。

背一捆草，是因为家中有一群牲畜，还是用来遮挡茅屋的风霜？

迟暮的点点亮色，跳跃婆娑在随风摇摆的草尖上。

刈草人晃动的影子消失在村落的炊烟里。叹赏暮景的人，消失在刈草人的影子里。

母　亲

母亲是个普普通通的农家女人。

母亲总给我做我最爱吃的豆面饼子，在我还小的时候。

但是，六十九岁的母亲已手拄拐杖，脚步蹒跚，两眼昏花，认不清亲生小儿子。

别离数年的儿子来到母亲跟前双膝跪倒，多了一副眼镜的儿子让母亲惊讶。

母亲生下了我，抚育了我，而我却远走他乡，将老母抛在乡野故里。

面对苍老的母亲，我自责如针芒刺背。

我对母亲说："娘，每当过年的时候，我就对着您居住的老屋叩头。"

娘说："我看到了。"

霎时，我的眼泪流满了衣裳。

姐　姐

姐姐不识字，因为有一个小她六岁的弟弟。

我在姐姐的背上，度过了美丽的童年。

姐姐打过我一次，因为我擅自去塘边看荷花、听蛙声。

姐姐是衣和食，中学时每逢周六我就在校门口盼姐姐从家乡走来的影子。

弟弟出了散文集，放在姐姐的家里。姐姐高兴地和人说："我弟弟认那么多字。"

我坐在编辑部的创作室里，想着姐姐的面容。老乡走进来，给我一摞姐姐捎来的鞋垫，我有出脚汗的毛病。

我写下一个题目：假如弟弟有来生。

父　亲

六十四岁的父亲身体多病，却精神不老。他一如年轻人奔波在乡间小道。

我记忆最深的是父亲的入党日。自我记事起，父亲告诉过我多次，在我上学的时候，入团的时候，上大学的时候，入党的时候。

六十四岁的父亲该退休了，但他还不退，他说自己不老。

我端详着满头银发的父亲，看着父亲仍然兢兢业业地操劳，心里难过。

父亲从未流过泪，我因而明白了何以称父亲。

父亲从未停止过脚步，我因而明白了怎样做父亲。

父亲不老的身躯依然支撑着家庭的大厦。在父亲面前，而立之年的儿子一如顽童。

人生是一次旅行

人生其实是一次轻松而愉快的旅行。我们从远古的洪荒中走来，一路浏览路旁美丽的风景，到另一个多彩的世界接受新的使命。

在这段路上，我们是食人间烟火的实实在在的生命。生活窘迫，不要太过于计较，没必要追求过分的奢华，那只是徒增了生命的沉重。跌了一跤，落在了同行者的后面，也没必要急急地赶路，不妨把这里作为一个驿站，修补一下劳累的生命。不能过分注重一个阶段的过程，因为人生是一条完整的路线，自始至终只要把握住行进的方向，即便一时落伍，也不会影响人生的进程。

不论遇到什么关口，只要把人生作为一次轻松而愉快的旅行，一路轻松，一路前行，就无所谓磨难与困境。

只要有了一个豁达的心境，把自己的灵魂坦露给自己的双眸，宽容地看世界、看他人，让乐观去征服、统辖灵魂，人生就是一次没有负担的轻松的旅行。

理 解

好多人自视强大，有非凡的忍耐力和抗争的勇力，却因为高呼求得世人的理解而把脆弱、渺小暴露得一览无余。

理解是弱者求救于强者的证词。假如自视英雄，便应具有无坚不摧、无难可惧的品格，具有忍辱负重、不怕误解、顽强执着的素质，为何求解于陌路世人？

大千世界，千人千面，各有前程，走自己的路就是了，为何非求别人的认同？军人自有军人的自豪，不论别人怎么说你，你都有国土卫士的崇高。学者自有学者的追求，奈何让市侩之徒以他的尺度来衡量你学识的价值。

静静地处在属于我的这一隅，以全部身心追求我坚信的事业。不必顾及后面的眼睛和言语，也不求任何人认同自己。我属于我自己，做我要做的事，矢志不移。

理解，不是乞丐碗里的施舍物，有志的强者，决不沿街乞讨。

机　会

机会是为有准备的人而准备的。有许多人并不注重机会在哪一刻来临，而是抓住所有的时间，让生命的力量发挥到极致，在自己认为最适合自己的位置上，牢牢地站直了身子，昂起理性的头颅。那些斑斓多彩的机会，一个个踏着美丽的祥云，就来到这些人的面前了。

而有的人却总是站在荒芜的大地上，在邈远的天空中寻找着属于自己的机会。这些人总在数落哪个机会该是自己的，哪个机会是不该走掉的，哪个机会是应该来临的。他们盼望着在某一天的早晨一觉醒来就有一个美好的机会等在自家的门口，自己便一步登天了。然而，机会终究也没有来，这些人便在无尽的等待中将短暂的生命放逐掉了。

机会是公正的，它不会光顾那些生活中的看客。对于那些孜孜不倦的跋涉者，它表现出极大的无私与慷慨；对于那些逍遥平庸的等待者，它表现出无比的自私与吝啬。

为自己得到一个机会而庆幸的人，是浮浅的过客。这种人不过是偶尔绽放的昙花，终究不会有绚丽多姿的百花齐放。

为自己没有得到机会而抱怨生活的人，是永远也欣赏不到人生美景的凡夫俗子。这些人注定了终生一事无成，注定了要永远站在别人高大的影子里。

只有不注重机会，终生都在为自己的人生终极目标而努力不止的人，才是生活中最美丽的花朵。

忍耐是一种崇高

忍耐不是软弱地退缩，而是为了下一次的崛起待机而动。

当我们在人生的旅途上遭遇狂风暴雨时，不能只在风雨中耗费时光和精力，不妨走进路旁的密林中，暂避风雨。短暂的养息，不仅保护了自己，而且补充了元气。因而，忍耐是一种对自我命运的正确把握，懂得进退有度，懂得以退为进，懂得退是为了让弱小的生命免遭扼杀。忍耐是策略化了的人生课题，是一个人必不可少的谋略。

忍耐是有限度的，正确把握忍耐的尺度是人自制能力的体现。知道了忍耐并始终忍耐，这是肤浅的。结束忍耐，让其爆发成一种不可遏止的力量，这就成了人生的学问和智慧。忍耐不到度，会前功尽弃，所有的努力会化为一种无价值的浪费；无休止的忍耐，会使弯曲了很久的身子失去挺直的力量；只有正确把握尺度，选准时机，忍耐才会成为前进的基石。

有人在屈辱和消极中忍耐，这种忍耐是痛苦和颓废；有人在悲愤期望中忍耐，这种忍耐会化作一种巨大的力量。

忍耐是崇高的人生境界，却只能是一种手段，不应是人生的主流。

终极思考是大人格

在纷繁的世间，作为茫茫人海中的一个，在你的价值未被人们认可之前，你必须而且只能作为一个普通人，忍受被人忽视的寂寞。

这些对人生来说并不重要，重要的是你能够认识自己，把握你的价值、分量，对人生做一次终极思考。

人贵有自知之明，最难得的是自知。尽管滚滚红尘，世乱如麻，但每一个人都有自己的坐标，关键的是找到自己可以展示才华的天地，确立自己的标点和轴线。时世喧嚣，你却能独处一隅握紧人生的罗盘；万端诱惑纷至沓来，你能从容不迫、信念依然；赞扬、恭维、笑骂蜂拥到你的面前，你能坦然一笑、淡泊平静；挫折丛生失败相连，但你却永远为下一个目标激动不已。当人们没有认识你的卓越的时候，你就必须积蓄力量，等待时机去展示。因为你关注的，是终极的结果。

只要思考的是人生的终极，以淡然的微笑面对世事，就是超凡的人生。当能力不被重视，得不到公允的评价时，才最易产生坚强的自尊，才最易培养可贵的耐力，才能够在不被干扰的静寂中独辟蹊径，才能实现人生逆袭。

对人生做终极的思考，把渺小的个人放进宏阔的世间，在苍茫的红尘中独自勇渡人生之舟，就向世界诠释了你的与众不同。回首昨天，你定然发现那些乱纷纷的人群、那些嘈嘈杂杂的噪声都早已被你抛得无影无踪。你已在悄然中踏上了翠岚峰顶。

人生不是一个阶段，而是一次永恒。大人格思考的应是终极的光华，而不是暂时的美艳风景。

过去的都对

人生在世，不会百事顺利，有大功告成，也定会有困顿挫折，关键是以怎样的心态去看待。

过去的事情都对，不是回避过去的失误和过错，不是无视耻辱与失败，不是掩耳盗铃自欺欺人，而是要让自己从失误的阴影中走出来，摆脱失误造成的压力，重新设计未来。人不能背着沉重的束缚，生活在自己造成的悲哀里，给未来添加负荷。

过去的事情都对，是要我们拥有愉快的心情。过去了的，犹如风声响过，永不再来。以愉快的心态看待过去，我们就拥有了欢乐的沃土。

太阳每天都会升起，任何人都不会同时拥有两个太阳，也没有人会被抛弃在昨天。只要我们宽容地对待过去，潇洒地面对未来，人生遍地是坦途。

站着的人生

一

所有的堕落者都是从很轻易地失去一天、很轻易地扔掉一枚硬币开始的。

二

在青春的词典里是没有"失败"这个词语的。一切冒险与尝试都是成功人生的基石。

三

有的人生像一支蜡烛，燃了不久就熄灭了，只给人间留下了一缕青烟。而有的人生是一支火炬，将光明的火把传给了后来者，从而组成了浩荡绵延的生命的河流。

四

卓越英才的处境比平凡的庸者更糟，因为人们不能与之比肩，所以看到的只是他的后背，只是他的阴影。

五

人们遭遇逆境后的结果截然不同。逆境于强者是成大器的磨刀石，而于弱者是万丈深渊。

六

世上最难走的路是心与心之间的路，呼吸之声相闻，却又如隔天涯。最好走的路也是心与心之间的路，只要有"相知"两个字就足够了。

七

事事顺利使一个人走向平庸，只有艰苦的磨难才会造就杰出的人才。很轻易达到的目标，是谁都可能做到的。跌倒一次就不再前行的人是浅尝辄止，摔了几次跤就畏惧了的人是半途而废。只有屡挫屡奋、矢志不渝的人才能抵达成功的彼岸。

八

人生不在于一得一失。只要坚信明天太阳会照样升起，今天的失败又算得了什么呢？

九

人生是一部大书，它与一般的书所不同的是，这部书只能读一次，不论你喜爱还是厌恶它，它都不会给你重读的机会。

十

柳树因其垂条依依而给人以洒脱之美，白杨因其参天挺拔而峻屹伟岸，小草因了它的嫩绿弱小而为人陶醉。假如柳树模仿白杨把枝条伸向蓝天，小草羡慕柳树把叶子都垂下来，美即不存在了。

人亦如此。模仿、伪装、做作、虚假只会适得其反，只有真切自然才是美丽可爱的。

十 一

无志者常立志，有志者立长志。

立长志，才会不拘泥于一时一地之胜负，才会对暂时的失落淡然一笑，才会把短暂的成功与失败视为人生的一个环节而不影响终生的走向，因为那个高远的灯塔时刻在前方朗照着。

十 二

人非圣贤，孰能无过？过而改之，善莫大焉。关键是悔悟。

可悲的是，在人生之途上误入迷途而执迷不悟，或将错就错，或一意孤行，结果欲盖弥彰，走向更深的罪恶。

吾日三省吾身，是人生完善的哲学，省而悟。

十 三

只有以真诚才可以换真诚。

骗子的一个致命错觉是认为自己比别人高明。其实，每一句话终会得到印证，每一件事终会水落石出，虚假永远不会代替真实。

只有真诚，才永远闪烁着智慧的光芒。

后　记

　　《苍茫人生》是我的第一部散文集，1996 年出版。二十世纪九十年代初期，正是后来风靡全国报纸副刊的散文风潮发轫之时，当时我在《山东青年报》做编辑记者，又担任过几年的副刊编辑，幸运地赶上了那个意气风发的时代。

　　当时，全国很多国家级、省级、市级的党报都同时创办晚报，而晚报都大量发表散文作品，我因为一开始从事创作就是从散文入手，又加上当时报纸副刊和杂志都十分需要散文作品，因而创作了大量的散文。随着我的影响力越来越大，当时在全国都很有分量的《羊城晚报》《今晚报》《齐鲁晚报》和《中国青年》《北京青年报》等几十家报刊，都给我开设了散文随笔专栏，文章也被《读者》《青年文摘》《报刊文摘》等文摘类报刊大量转摘。这很快引起了出版界的注意，当时的黄河出版社的两位编辑，专门到报社找我，希望我能够把那两年发表的散文结集出版，《苍茫人生》就这样应运而生了。

没有想到的是，《苍茫人生》出版之后，首先立即在济南的大学生中产生了巨大的反响。那个年代，还没有网络，大家的阅读渠道还是纸质出版物。因为当时济南几个大的书店都在热销，《苍茫人生》迅速在大学生中间广泛传播。

当时济南大学有个社科系，系里领导发现很多学生的案头都放着《苍茫人生》，同学们相互借读传阅，而且大家备受鼓舞。系领导得知我是生活在济南的作者，就很快联系上我，邀请我到社科系举办讲座。讲座是在晚上，室内座无虚席。后来，走廊、楼梯上都站满了学生，讲座影响很大。

不久，山东大学文学社的几个文学青年到报社找我，他们也是因为有很多同学从书店购买了《苍茫人生》，书在同学们中间深受欢迎，所以也想请我到他们学校举办一个讲座。他们组织了近千名同学，讲座设在学校的大礼堂，现场座无虚席，同学们也与我进行了全方位的沟通交流，提出了很多自己思考的问题，讲座非常成功。

后来，还有山东师范大学、山东交通学院、山东轻工业学院（今齐鲁工业大学），都请我就《苍茫人生》这部书和我的创作做讲座，与同学们现场交流。可以说，在山东，掀起了一个《苍茫人生》阅读热潮，形成了一个关于《苍茫人生》的阅读现象。

毫无疑问，《苍茫人生》影响了无数的青年朋友，我关于人生的思考，给当时的很多青年读者一个人生的样本。现在已经在济南市委担任重要职务的一位朋友，是当时山东大学文学社的负责人，就是他当时到报社联系我做讲座的。现在他告诉我，当时《苍茫人生》成为他和同学间最风靡的读物，大家从我的作品中受到启迪，得到指引，甚至很多同学因此改变了人生观。他带给我看他买的那一本《苍茫人生》，书被他精心地包装，几乎内文每一个页码的空白处，都有他用不同颜色的笔做的批注和感言。他特别请我再给他一本，他希望给自己的孩子看，又担心自己的批注和感言影响孩子的阅读判断。

　　还有一位邹城的朋友，他最近联系上我，他说，当时他在济南大学读书，买了《苍茫人生》，并积极建议老师邀请我到学校举办讲座。他说，这部书，这么多年，一直伴随着他，不论他到哪里工作生活，这部书始终不离身边，成为自己遇到困惑时的人生参照。

　　我为读者朋友们喜欢《苍茫人生》这部书而感动，更欣慰于它成为青年读者朋友们做人处世的益友。

　　《苍茫人生》是我三十岁左右的人生思考和经历，今天看来，自然有它的稚嫩和肤浅。但是我想，也许正是因为这些稚嫩和肤浅，更贴近青年朋友的人生，才与青年朋友们有了更多的共鸣。

济南出版社的编辑朋友们了解到这些信息，决定再版《苍茫人生》，重新进行装帧设计，希望给当下的青年朋友们一本曾经风靡一时的读物，希望再次掀起一个阅读《苍茫人生》的风潮。这也是我所希望的。我所有的文字，都是我在青年时代的人生经历和思考，是我人生不断否定和突破的感悟，也是我一步步不断超越自我的人生坐标。

　　我常常这样说，目标没有想象得那么远，困难没有想象得那么大。只要无所畏惧、一往无前，人生就是大道坦途，就有光明宏伟的未来。

　　与亲爱的青年朋友们共勉！

2025 年 4 月于济南